第二王子の側室になりたくないと思っていたら、正室になってしまいました

～おてんば伯爵令嬢が攻撃魔法を磨いて王子様と冒険者デビューするまで～

白豚神官
ナーシル
白豚神官と揶揄される醜い外見だが、実は絶世の美貌の持ち主。ある目的のためにエリカと婚約する。優しく一途な性格。怪力で両刃斧を得物とする。
エリカ
ルカーチ伯爵家令嬢。ジグモンド第二王子から側室にと望まれるが、冷酷な王子を嫌い平民の神官ナーシルと婚約する。自立心が強く、火魔法が得意。
Character

ルドルフ
ルカーチ伯爵家当主。エリカとアドリアンの父。家の繁栄を第一に考える策士。
ジグモンド
第二王子。エリカを側室にと望んでいる。金髪碧眼の美形だが、使用人に暴力をふるうなど冷酷な性格をしている。
レオン
王宮の第一騎士団所属騎士。明るく爽やかな好青年だが、人の名前を覚えられず、なかなか婚約者がみつからない。アドリアンとは学生時代からの付き合い。
アドリアン
ルカーチ伯爵家の令息。エリカの兄。おてんばなエリカや貴族らしからぬレオンに振り回されている。面倒見がよく、苦労性。

第二王子の側室になりたくないと思っていたら、正室になってしまいました

～おてんば伯爵令嬢が攻撃魔法を磨いて王子様と冒険者デビューするまで～

《プロローグ》『猟奇的な思い出』……006

《一章》『男になりたいわけではない』……014

《二章》『第二王子の側室にはなりたくない』……047

《三章》『冒険者登録』……087

《四章》『デートのはずだった』……126

《五章》『第二王子の陰謀』……176

《六章》『卒業祝賀会』……207

《エピローグ》『わたしの大好きな王子様』……245

《番外編》『アドリアン・ルカーチは、世界で一番幸せな男である』……251

《番外編》『獅子の眠り』……264

《番外編》『紋章の理由』……302

プロローグ　『猟奇的な思い出』

夏の暑さもだいぶやわらぎ、過ごしやすくなってきた。

涼しい風がテラス席を吹き抜ける。

大好きなパフェを前に、わたしはスプーンを握る気力もなくうなだれた。

「もう国を出るしかない……」

わたしは呻《うめ》くように言った。

もうダメだ。

学園卒業まで、あと三ヶ月しかない。

この一年、血を吐く思いで婚活してきたが、全滅だった。

あと三ヶ月で恋人を見つけ、婚約までこぎ着けるなんて無理だ。一年で出来なかったことを、三ヶ月で出来るとは思えない。

「待ってエリカ、早まらないで！」

二個目のケーキに取り掛かろうとしていたフォークを置き、ララが慌てたように言った。

どうでもいいが、ララ、ダイエット中だと言ってなかったか。

なぜ君の前には、ケーキが三つもあるんだね。

「何も国を出なくても……。第二王子はしょせん、側室のお血筋でしょ？　そこまで怖がらなくてもいいんじゃない？」

わたしはララを見た。

赤毛に青い瞳をした、ちょっぴり太目の優しい友人、ララ。

彼女には、いつも助けられてきた。

第二王子に目を付けられてからというもの、地獄のような学園生活を送ることになったわたしを、何くれとなく気づかい、支えてくれた。

しかし、ララは常に前向きなため、物事を楽観視するきらいがある。

「……ララだって、ジグモンド様のことは知ってるでしょ。学園でも有名じゃない、あのサド……、いや、その、冷酷なお方だって」

「まあ確かに、いろいろ、そのう、問題のあるお方だとは聞いてるけど」

「聞いてるだけじゃないでしょ！　見たでしょ、ララ！」

わたしは思わず大声を上げた。

思い出すだに身の毛もよだつ。

二年前、わたしは学園内で偶然、第二王子ジグモンド様が、小姓を折檻《せっかん》しているのを目撃してしまったのだ。

王都内に一つだけある学園は、十二歳以上の貴族の子女を受け入れる教育機関で、国内の主だった貴族子弟はほぼすべて、ここに入学する。

学園内での暴力行為は固く禁じられているし、入学してしまえば親の爵位などは関係なく、生徒はみな平等な立場となる――というのが建前だが、もちろん平等など存在しない。学園は貴族社会の縮図だ。

しかも、貴族同士の諍《いさか》いというならまだしも、小姓への暴力となると、教師であっても手出しはしづらい。

わたしは校舎の陰に隠れ、鞭《むち》打たれる小姓の悲鳴を聞きながら、自分も悲鳴を上げないように両手で口を覆った。

ジグモンド様は、執拗《しつよう》に小姓へ鞭をふるっていた。

何度も何度も鞭を打ちおろし、小姓の悲鳴を楽しむように暴言を吐いた。

「ほら、這《は》いつくばって謝れよ。まったくおまえにはウンザリさせられる。もっと鞭で打たれたいのか？」

お許しください、申し訳ありません、どうかお許しください、と小姓は泣きながら謝ったが、鞭の音は止まなかった。

しばらくして、ジグモンド様は「おまえのせいで授業に遅れそうだ」と小姓に鞭を叩きつけ、その場を去っていった。

わたしはジグモンド様の姿が見えなくなったことを確認してから、慌てて小姓に走り寄った。

小姓は血まみれで、意識も朦朧《もうろう》としている様子だった。

治癒魔法が使えれば、とこれほど思ったことはない。

わたしはそこそこ魔力量が多いのだが、なぜか攻撃魔法しか適性がなく、治癒魔法が使えないのだ。

その後、授業に現れないわたしを心配して探しに来てくれたララと一緒に、わたしは何とか第二王子の小姓を治療室まで運んだ。

雇人が召使を鞭打つのは、往々にして耳にする話だ。

しかし王族、それも第二王子のような貴人が、あれほど執拗に暴力をふるうのは、常軌を逸している。

そんな異常者に目を付けられてはたまらない、とわたしは治療室の先生に口止めをお願いした。

小姓も意識を失っていたし、わたしが王子の暴力行為を目撃したことは、誰も知らないはずだ。

それなのに、なぜかそれ以降、ジグモンド王子にしつこく付きまとわれるようになったのだ。

ある日わたしは、勇気をふるってジグモンド王子に聞いてみた。

「なぜジグモンド様は、わたくしのようなつまらぬ者を、そのようにお気にかけてくださいますの？　わたくしなど、何のとりえもない、面白味のない人間でございますのに」

だからもう付きまとわないで、ほっといてくれ！　と遠まわしに言ってみたのだが、

「面白味がないなど、とんでもない」

ジグモンド王子は、酷薄そうな薄い唇をゆがめ、わたしを見た。

王族だけあって、ジグモンド王子は整った容姿をしている。

ゆるく波打つ金髪、薄い青い瞳の貴族的な美貌は、少女の夢見る王子様そのままの姿だろう。しかしわたしは、背筋が寒くなる思いで王子を見返した。

「君は、とても美しいよ。このつややかな黒髪、大きな黒い瞳に、白い肌。……そう、この白い肌」

ジグモンド王子は手を伸ばし、わたしの頬を撫でた。ゾッとして飛びのきそうになるのを、わたしは必死にこらえた。

「この白い肌が裂け、血が流れたら、どんなに美しいだろう。……ねえ、エリカ、君は、悲鳴を我

慢するのが得意のようだね。君は我慢強く、自分の心を律する術《すべ》を知っているようだ」

ジグモンド王子の言葉に、わたしは血の気が引く思いがした。

それはもしかして、あの時のことを言っているのか。

「……しかし僕は、どうしても君の悲鳴が聞きたい。君を鞭打ち、血を流させてやりたいんだ。僕は、君をとても気に入っている。正室にはできないが、君を側室として迎えたいと思っているんだ」

……その場で卒倒しなかった自分を褒めてやりたい。

王子はあの時、隠れていたわたしに気づいていたのだ。気づいて、そして、小姓を助けたわたしに興味を持った。

やってしまった！　と後悔しても、もう遅い。

それに、たとえ気づかれていたとわかっていても、あの時、小姓を助けず逃げ去るという選択肢はない。

わたしはとっさに言った。

「お、おお恐れ多いお言葉ですわ。し、しかしながら側室というのは、その……、わたくし、伴侶となる方の愛情を、どなたかと分け合うなんて耐えられませんわ。わたくしは、ただ一人の方を愛し愛され、ともに人生を歩んでいきたいと、そう願っているのです」

これは半分本音だ。

貴族なら、夫が側室の一人や二人持っても特に醜聞《しゅうぶん》にはならないが、わたしの父や兄のように、ただ一人の伴侶を誠実に守るケースも決して珍しくはない。たとえ相手の家格を落としてでも、側室を作らぬと婚前契約書で誓ってくれる相手を望む貴族令嬢も多いのだ。

もちろん実際のところ、わたしはジグモンド王子の愛情なんて、これっぽっちも望んではいない。ただ、正室ではなく側室としてという申し出ならば、これでお断りできると思ったのだ。

「へえ、君は案外、可愛らしいところがあるんだねえ」

ジグモンド王子はクスクス笑って言った。

「そういえばルカーチ家の現当主も君の兄も、そろって側室を持っていなかったな。それでそんな馬鹿げたことを考えたのか。……だけどエリカ」

ジグモンド王子の声が低くなり、瞳は冷えた色をたたえた。

「愛なんて、信じるに足りないものだよ。そんなのは一時《いっとき》の感情に過ぎない。そんなものにこだわって、この僕の申し出を蹴るなんて間違っている。それに、第二王子の正室として振る舞うなんて、君には荷が重いんじゃないのかい？　僕は、君のためを思って言っているんだよ。側室なら、面倒な責任を負う必要はない。君は自由でいられるんだ」

わたしは唇を噛んだ。

正室ではなく側室として迎えることが、わたしへの思いやりだって言うのか。それは思いやりじゃなく、侮辱と言うんだよ！　もちろん正室だってお断りだけど！

しかしそういうことなら、これは断り文句として使えない。ならば……。

「ええっと、あのその、申し遅れましたが、実はわたくし、すでに婚約しておりますの……」

冷や汗をだくだくかきながら、わたしは必死に言った。

「……へえ？　ルカーチ家が君の縁談をまとめたなんて話、聞いたことはないけど」

そうでしょうとも。今この瞬間、口から出まかせ言っただけですからね！

「あっ、あー、ええ、まあ、お相手のご事情で、その、婚約のことは伏せてありますの。ええと、卒業と同時に、婚約を発表する予定ですわ」

ふうん、とジグモンド王子はじろじろとわたしの顔をみつめ、言った。

「それはおめでとう。……卒業と同時に婚約か。僕からもお祝いを贈らないといけないな」

「そっ……、お、恐れ多うございますわ……」

「どうしたの？　顔色が悪いよ、エリカ」

寒気のするような微笑を浮かべ、ジグモンド王子は言った。

「僕のお気に入りのエリカが婚約するんだから、盛大に祝わなければ。ルカーチ伯爵にも、くれぐれも宜しく伝えておいてくれ。いいね、エリカ」

一章　『男になりたいわけではない』

いったい何が悪かったのか。

わたしは寮の部屋で、一人反省会を開いていた。

第二王子の小姓を助けたことがまずかったのか？　貴族なら、見て見ぬふりをするのが正解だったのか？

だが血まみれの小姓を放置するのはさすがに……。そんなことをしたら、わたしはあのサディスト第二王子と同じになる。

そもそも貴族や王族は、弱い立場にある者を守るために存在するはずだ。そんな考えは建前にすぎないとしても、それを王族自らブチ壊すのはどうなんだ。弱者を守るための権力を濫用《らんよう》し、逆らえぬ立場の者を虐待するなんて、本末転倒もいいところだ。そんな人間に、人の上に立つ資格などない。

その時わたしの脳裏に、ふと、子どもの頃にかけられた言葉がよぎった。

――あなたは、人の上に立つにふさわしい、立派なお方です。

あなたが男なら、誰より優れた領主になれたでしょうに、と残念そうに告げた声を、わたしは懐かしい記憶とともに思い出していた。

子どもの頃、王都に呼び戻されるまで、わたしはずっとルカーチ家の領地で過ごしていた。今にして思えば、南部の政情不安が中央にまで及び、王都周辺も騒然としていたせいだろう。子どもだったわたしは知る由もなかったが、現国王の失政により、南部セファリア地方から始まった紛争が、野火のように王国全土に広がりつつあったのだ。

だが、中央から離れたルカーチ家の領地は、そうしたきな臭さとは無縁だった。

領民は、国王よりも領主である父を畏れていたし、現王家より古い歴史を持つルカーチ家を主に戴くことを、誇りに思っているようだった。王都にはない、のびのびした自主独立の気風がそこにはあり、それは子どものわたしにも強い影響を与えた。

こういうわけで、王都にいる両親がうるさく干渉しないのをいいことに、わたしはまるきり領民と同じ生活を送っていた。

あの頃、そろそろ淑女教育を、とわたしの顔を見れば同じことしか言わない行政官を避け、わたしは乳母の家に入り浸っていた。というか、そこに住んでいた。本来なら父に領地経営を任された行政官の屋敷にわたしも住むべきなのだが、それだとせっかくの自由な田舎暮らしが台無しになってしまう。

そのことで行政官に文句を言われても「だって、父上と母上に会えないのがさびしいんだもの。屋敷でわたしは一人ぼっちだけど、ばあやのところなら、一人じゃないもの」と泣き真似をすれば何とかなった。粉屋のハンナに教えてもらった手だが、これは行政官に絶大な威力を発揮した。幼い娘が両親にも会えず田舎に放置されているのを、彼なりに不憫《ふびん》に思ってくれていたのだろう。

そんな風に我が世の春を謳歌《おうか》していたわたしだが、問題がなかったわけではない。「貴族のくせに」「女のくせに」は飽きるほど言われたし、領民同様に暮らしているとはいえ、やはり最後まで消えない壁のようなものを感じていた。

今にして思えば、わたしは何もわかっていなかった。貴族としての責任も、その意味も。

だから、子どもたちだけで魔獣退治をするなど、無茶なことができたのだ。


それはわたしが九歳の時のことだった。光の月の初旬、例年なら春めいて早咲きのシカラの花が香る頃だが、その年は部屋に置いた顔を洗う水に、毎朝薄い氷の膜が張るほどの寒さが続いていた。

その年の秋は、実りが少なかった。飢饉《ききん》というほどではなかったが、そのせいでいつもなら残される山の幸も領民によって狩りつくされ、ふだんは大人しい魔獣も、飢えて気が立っていたのだ。

だが、山から下りてきた魔獣のせいで、山裾の領地に被害が出始めても、行政官はいっかな動こうとしなかった。領地には常駐するルカーチ家直属騎士団があったし、なんならお抱え魔術師までいたのに、いっこうに魔獣討伐に向かおうとしない。ひょっとして冒険者を束ねるギルドに魔獣退治を依頼したのかとも思ったが、ギルドで働いている領民に聞いても、そんな話はない。

いったい何をしているのかと、わたしとわたしの遊び仲間は苛立っていた。

今ならば、魔獣について精査してるんだろうなとか、悪い人ではないのだが事なかれ主義の行政官が、父から指示があるまで知らんふりを決め込んでいるんだろうなとか、いろいろと察することができるのだが、そこはまだ十歳にも満たぬ子どもである。何もしない大人がじれったく、ただただ歯がゆかった。

大人が動かないなら、自分たちでやればいい。

そう思ったわたしは、自分と仲間たちだけで魔獣を退治しようと、計画を練った。

まず魔獣を追い立て、攻撃しやすい場所へと誘導する。魔獣をおびき出すのに最適な経路を探し出し、腕自慢のヨハンとすばしっこいアダム、そして目端《めはし》のきくレイラを要所に配置すれば、仲間に怪我をさせずに済むだろう。

しかし、誰が最後に魔獣を仕留めるのか？

目撃情報から、おそらく魔獣はマッドベアと思われた。クマに似ているが、大きさがその倍もある魔獣。騎士であっても数人がかりであたらねば、仕留めるのは難しい。

それを子どもだけで倒そうとするなら、かなり威力のある魔法が必要だ。しかし、魔力を持っているのはわたしだけ。つまり、わたしが倒すしかないのだ。

そう決意したわたしはルカーチ家お抱えの魔術師に会い、彼を拝み倒した。普段は寄り付きもしない行政官の屋敷——魔術師の住まいでもある——に出向き、「頼むから一週間で『炎の槍』を使えるように訓練してくれ」と頭を下げた。当時、わたしは一番得意な火魔法でも『炎の刃』までしか使えず、それではマッドベアを倒すには弱いと思ったのだ。

魔術師は、不思議そうな表情でわたしを見た。

「お嬢様は、ルカーチ家の姫君です。私に命令して、魔獣を倒せとおっしゃらないのですか？」

「あなたの主は父上でしょ。わたしに命令する権利はないわ。でも、魔法を教えるくらいなら、契約違反にはならないでしょう？」

「何故そこまでして魔獣を倒そうとするのです？　行政官だって、いずれは動きますよ。たぶん領民が二、三人ほど死ぬか重傷を負うかすれば」

「なんてこと言うの！」

わたしは思わず怒鳴った。

「それじゃ遅いのよ！　誰かが怪我した後じゃ！」

怒るわたしを、魔術師はつくづくと眺めた。そして少し考えた後、あっさり頷《うなず》いてくれた。

「いいでしょう。私にできることは致します。……が、一週間で『炎の槍』を習得するためには、かなり厳しい訓練を課す必要があります。お嬢様が泣き言をいった時点で訓練は終わりにしますので、ご覚悟ください」

魔術師はウソをつかなかった。言葉通り、斟酌《しんしゃく》など一切なしの厳しい訓練をわたしに課した。……いや、お願いしたのはこっちだけどさあ……。思い出しただけでも泣けてくる。子どもに失神するまで魔法を打たせつづけ、毎日魔力を使い切らせるとか、まさに鬼の所業。しかも気絶しかけたわたしを見ても、顔色ひとつ変えないいんだから、ほんとあいつ……。うん、いや、もちろん彼には感謝してます、ほんとです。

ともかく、そうした血と汗と涙の特訓のおかげで、一週間後、わたしは何とか『炎の槍』を使えるようになった。……ただし、一回だけ。

この魔法は魔力使用量が多いため、まだ子どもで今ほど魔力のなかったわたしは、ギリギリ一回しか『炎の槍』を打てなかったのだ。つまり、失敗はできない。必ず一回で、マッドベアの急所に『炎の槍』を当てる必要がある。

魔獣討伐は、大人たちに見咎《みとが》められないよう、未明に行うことに決めた。

足元を照らすのは月明かりだけだが、何度も確認した山道だ。仲間たちは迷いなく進み、マッドベアを山から追い立て、川向こうの平地へとおびき出した。もし攻撃が失敗しても、マッドベアが川を渡る間に仲間たちを逃がすことができる。

ただ、わたしは逃げられないだろう。『炎の槍』を打った後、おそらくわたしは魔力切れで倒れる。その時にマッドベアが生きていれば、意識を失ったわたしに反撃する術はない。

だがその時は、何も考える余裕はなかった。月光を浴びて眼前に迫るマッドベアを見た瞬間、胃がひっくり返り、吐き気がした。

わたしは歯を食いしばり、どうってことないと自分に言い聞かせた。簡単なことだ、練習の通りにやればいい。余計なことは考えるな。

威嚇《いかく》の声をあげて、マッドベアが襲いかかってくる。鼓膜が破れそうな咆哮《ほうこう》と強烈な臭気に、膝が震えた。この魔獣、この生き物を殺すのだ。わたしの手で。わたしの魔法で。

『炎の槍！』

渾身《こんしん》の力を込めた詠唱とともに、炎の奔流が川の向こう、マッドベア目がけて飛んでいった。炎はまさしく槍のように、真っ直ぐマッドベアの額を貫いた。

額を貫かれたマッドベアは、たたらを踏み、立ち止まった。ふらふらと酔っぱらったように体を揺らした後、マッドベアは大地を震わす勢いで、どうと倒れた。

やった、倒した、やったぞエリカ、と喜びに沸きたつ仲間たちの声を聞きながら、わたしも意識を失って倒れた。よかった、これで誰も怪我をしなくてすむ、と安堵《あんど》しながら。

「……なんとまあ。本当にマッドベアを倒されるとは」

薄れていく意識の中、魔術師の声が聞こえたような気がした。

実際、彼はそこにいたのだ。彼は密かにわたしたちを見張っていた。わたしたちが魔獣討伐に失

敗した場合に備え、主の娘であるわたしを守るために。

だが、わたしたちは魔獣討伐に成功した。誰も怪我をしていない。どうよ！　とわたしたちは浮かれていた。……のだが。

結果として、ある意味、わたしは大打撃を受けた。

怒り狂った行政官に、事の仔細《しさい》を報告された父が、わたしを王都に呼び戻すと決めたからだ。

「お嬢様、道中お気をつけて」

王都行きの馬車はルカーチ家の騎士たちでがっちり護衛され、たとえ再びマッドベアが現れても問題なさそうだったが、見送りにきた魔術師はどこか心配そうな表情をしていた。

ちなみにわたしの遊び仲間は、行政官およびそれぞれの両親にきつく叱られたうえ、しばらく外出禁止の刑を言い渡されたため、わたしの見送りには来られなかった。

「大丈夫よ、騎士たちがいるもの。わたしだって、マッドベアを倒したのよ」

笑ってそう告げると、魔術師は首を横に振った。

「いいえ、お嬢様。あなた様がこれから向かわれる先は、魔獣など及びもつかぬ恐ろしい怪物が住まう場所です。その怪物は、剣でも魔法でも倒せない。……わたしは、心配なのです。お嬢様がその怪物に傷つけられるのではないかと」

わたしは魔術師を見た。魔術師の言う『怪物』が何なのか、うっすらとだがわかっていた。女のくせに貴族のくせにと、それまでだっていろいろ言われていたが、王都に戻ればきっとその何倍、何十倍とわたしを縛り、型に押し込めようとする力は強くなる。わたしがわたしでいられなくなること、そのせいで傷つくことを、魔術師は心配してくれたのだ。

魔術師はわたしをじっと見つめた。

「お嬢様、あなたは自ら先頭に立って魔獣を倒し、領民を守りました。あなたは、人の上に立つにふさわしい、立派なお方です。……あなたが男なら、誰より優れた領主になれたでしょうに……」

惜しいことです、と告げる魔術師に、わたしは少し考えた。「おまえが男なら」とは、よく言われたことだ。しかし、たとえ男であったとして、そして領主になったとして、それでわたしは満足するのだろうか。

よくわからないが、違うような気がする。わたしはそんなことを望んではいない。

「わたしは、男になりたいとは思わないわ。領主には兄上がなるし、わたしは……」

わたしは言いよどんだ。自分が何を望んでいるのかは、まだわからない。ただ、

「……わたしは、わたしでいたい。他の誰でもない、自分のままで、怪物にも負けないくらい、強くなりたい」

魔術師はひざまずき、まるで王に対するようにうやうやしく言った。

「お嬢様ならおできになれます。きっとお望みの通り、いえそれ以上、強くおなりになるでしょう」

あれから八年。わたしはまだ、怪物相手に悪戦苦闘している最中だ。


卒業まで三ヶ月を切った週末、わたしは学園から王都の屋敷に戻った。

「ほう、珍しいな。おまえが屋敷に戻るなど」

面白がるような声をかけられ、振り返ると、父が玄関ホールに立っていた。王宮から帰ったばかりなのか、髪を撫でつけ、刺繍《ししゅう》のほどこされた丈の長いケープをまとっている。

「……お久しぶりです、父上」

「まったくだ。王都にいるのだから、たまには顔を見せに戻ってこい。アナベルがさびしがっているぞ」

見かけによらず愛妻家の父は、アナベルお母さまを常に気遣っている。その気遣いの十分の一でもわたしに向けてくれたら、だいぶ人生ラクになるんだけどなあ。

「……いろいろ忙しかったんです。母上のところには、後で顔を出しておきます」

「なるほど。忙しかったということは、ついに婚約者を見つけたのか？」

ニヤニヤ笑う父上を、できることなら張り倒してやりたい。無理だけど。

父にはジグモンド王子に関して、すべて事情を伝えてあるが、今ひとつ危機感が足りないというか、「そうは言っても第二王子の側室など、名誉なことではないか」と考えているのだ。母も父に同意していて、この件に関しては泣き落としもきかない。

父も母も冷酷ではないが、そこはやはり貴族、娘の幸せより家の繁栄が優先事項なのである。しかたない。

ただ、ジグモンド様の残虐さや人望のなさについてもよく承知しており、嫌がるわたしを無理に嫁がせるほど、旨みのある相手とも思っていないのが救いである。「そんなに嫌なら自分で何とかしなさい。出来なければ、あきらめて第二王子に嫁げ」というスタンスだ。

だからこうやって、わたしが婚約者探しに奔走するのを、半ば笑ってみているわけだが。

「卒業まであと三ヶ月か。いい加減、腹をくくったらどうだ」

「腹をくくるとは、国外へ脱出しろということでしょうか」

「そこまで殿下を嫌わなくともよかろう」

父は、わたしの心を読もうとするかのようにわたしの目を覗《のぞ》き込んだ。その冷えた眼差しに、背筋が寒くなる。父上、ナチュラルに娘を威圧するのはおやめください。

「……たしかにジグモンド殿下には色々と問題があるが、能力がないわけではない。おまえの手綱さばきによっては、面白いことになりそうだと思うが」

「わたしの結婚を面白がらないでください。……父上は以前、おっしゃいましたよね。ルカーチ家は王家の奴隷ではない、対等の立場にある取引相手のようなものだ、と。だから王家に命じられるまま、嫌いな相手に嫁ぐ必要はないのだと」

「そうだな、確かに言った」

「ならば、あと三ヶ月、お待ちください」

わたしは静かに言った。

「必ずあと三ヶ月で、婚約者を見つけてみせます」

父は目を細め、まるで悪魔のような笑みを浮かべた。

「……そうか」

「よかろう、あと三ヶ月、あがいてみるがいい。楽しみに見物させてもらうぞ」

実の娘にこの言い草。わたしは、さっさと踵《きびす》を返して母の居室へと向かう父の後ろ姿を、苦々しい思いで見送った。

ふぅ、とため息をつき、一年間におよぶツラい婚約者探しの過去を振り返る。

婚活する際、わたしはまず、お相手に平民を考えた。家は兄が継ぐから、わたしは平民と結婚してもかまわないのだ。そうなれば便宜上、実家からは縁を切られることになるが、そこは別に気にならない。子どもの頃は領地で平民同然の生活をしていたし、何なら今の貴族としての生活より、自分に合っていたと思う。

だが婚活をはじめてすぐ、わたしは平民との結婚のほうが、条件が厳しいことに気がついた。

貴族同士の結婚は、家格の釣り合いや資産の有無などが問題となるが、逆にいえば、それ以外はさほど重要視されない。しかし、平民の結婚とは、暮らしに直結する契約だ。どれだけ稼ぐ能力があるか、もしくは家事方面が有能か、という項目をシビアに採点されるのだ。

そしてわたしは、見事に平民の望むお嫁さん像から遠くへだたった人間だった。金になる治癒魔法は使えない（危険視される火、風、氷などの攻撃魔法がとっても得意）、家事全滅（料理は切って焼くだけしかできず、それ以外はメイドに習ったが匙《さじ》を投げられた）、持参金もありません（平民と結婚する場合、立場上絶縁されるため）、ときては、どうしようもない。

ならば貴族を、と探してみても、わたしは既に学園で、第二王子のお気に入りとして有名だ。ジグモンド様があちこちで、わたしを側室として迎えたい、と吹聴《ふいちょう》してまわっているため、縁談がひとつもまわってこない。

第二王子のお気に入りを婚姻相手として望むなど、第二王子に正面切ってケンカを売るのと同義だ。ジグモンド様は、権力もさることながら、その残虐さや執念深さを恐れられている。そこを押してまで、わたしを望んでくれるような家など、どこにもなかったのだ。

こうなったら、もう最後の手段しかない。

学園卒業まで、もう三ヵ月を切っている。多少は妥協しなければ、あのサディストの餌食《えじき》となってしまう。

わたしが今回、久しぶりに屋敷に戻ってきたのは、その最後の手段に賭けようと思ったからだ。

今日は兄の親友である、騎士レオンが屋敷を訪れる予定だ。

レオンはバルタ男爵家の跡取り息子で、王宮の第一騎士団に所属している。魔力はまったくないが、騎士としての腕前を高く評価され、団長の信頼も厚い。

それなのに、二十二才になる今の今まで、婚約が決まらず独身である。容姿に問題があるわけではない。好みもあるだろうが、レオンは短い金髪に緑の瞳の爽やかマッチョで、容姿だけなら貴族令嬢からの人気も高い。

しかしレオンには、それらすべての美点をもってしても越えられぬ、ある大きな問題があった。

「エリカ、戻っていたか」

「兄上、レオン様も。お久しぶりでございます」

兄とレオンがやってくるのを待ち構えていたわたしは、二人に挨拶した。すると、

「エリナ殿、お久しぶりです」

にこにこと愛想よく、レオンがわたしに挨拶を返した。

いつも爽やかで、愛想もいい。性格はいいんだ、性格は。

「……レオン様、わたしの名前はエリカですわ」

「おお、そうでした！　いや、これは申し訳ない」

　ハハハ！　とレオンは爽やかに笑い、頭を下げた。

　……このやりとり、何度目だろう。だいたい、最初に兄がわたしを「エリカ」って呼んでるのを聞いてなかったのか。レオンでなければ、わざと間違ってんじゃないかと疑うところだ。

「俺はどうも、人の名前を覚えるのが苦手で。本当に申し訳ない、エリカ殿」

　再度、頭を下げるレオン。礼儀正しいし、爽やかで、性格もいい。

　ただ、バ……、記憶力があまりよろしくないのである。

　レオンと同学年の兄が、あまりの成績の悪さに退学スレスレだったレオンを見かね、なんとか卒業できるよう、勉強を見てやっていたらしい。

「レオンの面倒みてたら、学園から、教師として残らないかって声をかけられたよ……」

　と疲れたように兄が言っていた。どうも学園側も、レオンの扱いには手を焼いていたらしい。

　素行が悪いという訳ではない。教師にも生徒にも礼儀正しく、体術剣技などはトップクラス、騎士団への入団が既に決まっていたレオンを、「バカだから」という理由で退学にはさせられず、困っていたのだろう。

　それにレオンは、本当の意味でバカという訳ではない、とわたしは思っている。自分の興味のある分野、剣術や筋肉については、レオンは驚くほどの記憶力を誇り、知識も研究者並だ。

　つまりレオンは、頭の中がすべて剣術や筋肉で埋まっており、色恋沙汰にはまったく興味がないのだ。

　そのためレオンは、女性に告白されて付き合いはじめても、一週間とたたずにフラれてしまう。

何度言っても名前を覚えてもらえず、話題は剣技や筋肉についてだけ、女性の話は右から左に流されるのだ。そりゃ相手はツラいだろう。わたしだってイヤだ。

だが、もうそんな贅沢《ぜいたく》を言っている場合ではない。ここで婚約者をつかまえなくては、三ヶ月後、わたしはサディスト《ジグモンド様》の玩具《おもちゃ》として鞭打たれることになる。

わたしは、兄の部屋へ直行しようとするレオンを引き留めた。

「お忙しいところ、申し訳ありません、レオン様。少しお時間をいただけませんか？」

わたしはレオンを見上げた。

レオンは何度も屋敷に来ていて、よく話もするし、気心も知れている。少なくとも、嫌われてはいないはず。

また、レオンの実家は、元々平民だったのだが、先代当主が養豚業で国の飢饉に貢献し、爵位を賜ったという経緯がある。そのため、貴族としての格は低いが、第二王子であっても手出しはしづらい。

そしてレオンもわたしも、婚約者を探している。

ならば！　ここでわたしが恥を捨て、婚約者になってくださいと頭を下げれば、すべて丸く収まるのではないだろうか！

「俺に話ですか？」

レオンは足をとめ、わたしを見た。

「ちょうど良かった。俺もエリカ殿に、話があったのです」

ん？　とわたしは首をひねった。

レオンがわたしに話って、なんぞ。わたしは、筋肉にも剣術にも興味はないのだが。

わたしの怪訝《けげん》な表情に気づいたのか、レオンがにこやかに説明した。

「以前、俺がエリカ殿にご指南いただいた件です。どんなに見合いをしても、断られてしまうのは何故だろう、とご相談した際の」

ああ、あれね！　とわたしは頷いた。

レオンは男爵家の跡取り息子なので、両親から結婚をせっつかれているのだが、見合いでことごとく失敗してしまうため、どのように振る舞うべきか、と相談を持ちかけられていたのだ。

「エリカ殿にご指導いただいた通り、俺は何も言わず、ただ『そうですか』と『それは大変ですね』とだけ相槌を打ったところ、見合いがうまくいったのです！」

レオンが輝く笑顔でわたしに告げた。

「ありがとうございます、エリカ殿！　この年まで婚約者が決まらず、親にもさんざん心配をかけましたが、このたび、やっと！　婚約することができました！」

…………………………。

レオンが、婚約……。

王都中の貴族が結婚しても、コイツだけは無理だろうと舐《な》めていたレオンが……。

「エリカ殿？」

不思議そうな表情のレオンに、わたしは慌てて言った。

「そ、そうでしたの。それは……、それはおめでとうございます。ようございましたわね」

「ありがとうございます、エリー殿のおかげです！」

礼儀正しくお礼を言うレオン。またもや名前を間違えられているのだが、もはや訂正する気力もない。

そうか……。レオンでさえ、婚約できなかったのか……。

わたしは一年かけても、婚約できなかったというのに。

……これはもう、ほんとに国を出奔するしかないのかもしれない。

にこやかなレオンを前に、わたしは絶望のため息をついた。

「そういえば、エリー殿も、婚約者を探し回っていらっしゃるとか！」

レオンが元気よく言った。

「え……、ああ、ええ、まあ」

わたしは曖昧な笑みを浮かべ、レオンを見上げた。

もう少し言い方ってものが……と思ったが、レオンに多くを期待すべきではない。

「エリナ殿のおかげで、自分も婚約することができました！　お礼といってはなんだが、友人を紹介させていただければと思うのですが」

なんですと⁉

わたしは、爽やかな笑みを浮かべるレオンを見上げた。キラリと光る白い歯が、いつも以上に輝いて見える。

レオン、天使。

エリナでもエリーでも、好きな名前でお呼び下さい、どうぞ！　筋肉バカなんて言ってすみません！　あなたはマッチョな天使様！

「大変ありがたいお申し出ですわ！　ぜひぜひ！　そのご友人について教えて下さいませ！」

「おいエリカ、そんなはしたない……」

レオンの隣で兄がぶつぶつ言ってるが、気にしない。

兄のアドリアンは、学園卒業と同時にさっさと婚約を決め、昨春、めでたく華燭《かしょく》の典を挙げた勝者だ。お相手のユディト様は、淑やかで優しい、貴族女性の鑑のようなご令嬢である。

わたしやレオンのような婚活底辺戦士からすれば、兄は雲の上の存在すぎて、参考にもならない。

容姿はわたしと瓜二つ、違いといえば瞳の色くらい（兄は緑、わたしは黒）と言われているのに、何故……。やはり性格が問題なのか。

「レオン様、その方のお名前は？　年齢は？　何をしてらっしゃる方ですの？　貴族、それとも平民？　どちらでも構いません、何の問題もございませんわ。ただ……」

わたしは言葉を切り、レオンを見上げた。これだけは言っておかねば。

「わたくし、優しい殿方でなければイヤなのです。使用人など、自分より弱い立場の者を虐待するような、そんな方は、どれほど地位が高く財産をお持ちでも、絶対にイヤですわ」

断言するわたしに、兄アドリアンが哀れみの眼差しを向けた。

兄は、ジグモンド第二王子の評判をよく知っている。さすがに妹をサディストに差し出すことに、思うところがあるのだろう。

「ああ、それならば大丈夫です」

レオンはにこにこと言った。

「彼は、とても優しい男です。平民なのですが、俺よりよほどマナーもしっかりしていて、教養もあります。十歳の時に親を亡くしたのですが、魔力量の多さを神殿に認められ、孤児院ではなく中央神殿に入りました。それからは見習い神官、長じてからは神官として働いている、真面目な奴なんです」

へー。なんか、かなり優良物件な匂いがするぞ。

「そうなんですか、神官様なんですね」

あまり信仰心のないわたしだが、婚約のためなら朝昼晩、食前食後にお祈りを捧げましょう、頑張ります！

「ただ、彼は神殿から離れたいらしいんです。子どもの頃から神殿にこき使われて、いい加減嫌気がさしたようで。還俗《げんぞく》するには、実家からの要請が必要ですが、彼は孤児なので、婚約するしかないんです」

なるほど、そういう事情かー。

ふむふむ、と納得するわたしの横で、兄が怪訝そうにレオンに言った。

「そんな神官、いたか？　平民だが魔力も教養もあるうえ、優しく真面目な年頃の神官など」

「いるぞ。アドも、戦場で一緒になったことがあったと思ったが」

覚えていないのか？　と、事もあろうにレオンに聞かれ、兄は焦った表情になった。

ちなみにレオンは、兄アドリアンを『アド』と呼んでいる。何度も名前を間違われ、そのたび訂正するのに疲れた兄が、二文字ならばいけるだろう、と『アド』呼びを提案したのだ。それは成功し、レオンは兄を間違わずに『アド』と呼んでいる。

わたしも『エリカ』という本名にこだわらず、『エリ』と呼んでもらうよう、提案してみるかな、

と思っていると、

「その神官の名は？　何と言うのだ？」

兄の言葉に、レオンが考え込んだ。

「あー、名前か……。何と言ったかな、たしかアドリー……、いや違う、エミール……、違うな、……うむ……」

顔をしかめ、必死に思い出そうとするレオンに、兄が言った。

「そいつの特徴は？　髪や瞳の色、背の高さなどを言え」

「背は俺より高い。神官だが身体能力がかなり高く、扱いの難しい両刃斧《おの》を使いこなす。かなりの手練《てだ》れだ」

「両刃斧……？」

不思議そうに聞き返した兄は、次の瞬間、驚愕《きょうがく》の表情を浮かべた。

「お、おい、まさかそいつ……」

「髪は銀髪だ。それは見事な髪でな、瞳も美しい紫色をしている」

まあ、銀髪に紫色の瞳だなんて、おとぎ話の妖精のよう。ステキー！

テンションを上げるわたしをよそに、兄は急激に顔色を悪くした。

「銀髪って、まさかそれ……、ナーシル神官のことか……？」

「おお、それだそれ！　ナルシーだ！　アドはすごいなあ！」

既に名前を間違っているレオンに突っ込むこともなく、兄はわたしの視線を避けるように横を向いた。

……なに、なんなの。兄のこの態度……、すっごく不安なんですけど。

わたしはレオンに向き直った。

「レオン様、確認なんですけど、そのナルシー……じゃなかった、ナーシル様は、お優しい方なのですよね？」

「はい！」

レオンはきっぱり言い切った。

「あいつは優しい奴です。身分の上下を問わず、傷ついた者を魔力の限り治療し、弱い者を庇《かば》って戦います。神官ですが、騎士の手本のような奴です」

「まあ……」

わたしはちょっと感動した。

筋肉バカのレオンにここまで言わせるとは、その神官、かなりの好人物ではなかろうか。

「わかりました！」

わたしは力強く頷いた。

「ぜひ、そのお方とお会いしたいと思います！　レオン様、その神官様にお話を通して下さいませ！」

「お、おい、ちょっと待てエリカ」

「待ちません時間がないんです兄上！」

わたしは兄を怒鳴りつけた。

「兄上は、わたしがサドの餌食になってもいいとおっしゃるんですか⁉　性格最悪の異常者の玩具

にされて、鞭打たれて血を流しても、それでかまわないと⁉」

「い、いや、それは……」

兄が口ごもる。

わたしはレオンに、きっぱりと言った。

「お願いします、レオン様！　その方が還俗するため婚約者が必要だというのなら、それはわたしも同じこと！　わたしも、平和な未来のために、何がなんでも婚約者が必要なのです！　お願いです、その神官様とお見合いさせて下さいませ！」

兄の態度は気になるが、たとえどんな欠点があろうと、あの第二王子よりはマシなはず。

わたしは鼻息も荒く、レオンに見合いを要求したのだった。


「わたし、おかしくないでしょうか？」

「朝から百回は同じことを言ってるぞ、エリカ」

疲れたような兄アドリアンに、わたしは言った。

「だって、ようやく婚約者になってくれそうな方とお会いできるんですよ！　なんとか良い印象を持っていただきたいのです！」

ふだん、あまりドレスなどに興味を見せないため、淑女らしくないと母に嘆かれるわたしだが、今日ばかりは違う。

自分のセンスは我ながら信用ならないため、今日のドレスは、ララの助言を頼りに選んでみた。レースの飾りがついたパステルブルーのドレスで、パニエの広がりも控えめだ。昨今の流行に沿った、貴族令嬢の定番スタイルだが、少し地味すぎただろうか。いや、神官なら、あまり派手なドレスは敬遠されてしまうかも。

ぐるぐる考えながら、わたしは兄と一緒に、レオンの実家、バルタ家の屋敷を訪れた。今日はここで、わたしとナーシル様のお見合いが行われるのだ。

第二王子に嗅ぎつけられるのを避けるため、いかにも兄一人で遊びにきましたよ、という体《てい》をよそおい、馬車も家紋の入っていない質素なものを選んだ。

バルタ家の庭園には、気の早い秋バラが咲き始め、なかなかの美しさだったが、それを鑑賞するような余裕はない。従僕に案内され、わたしはドキドキしながら、庭園にしつらえられた小さな四阿《あずまや》に向かった。

少し早すぎたのか、四阿には誰もいなかった。

わたしは椅子に座り、そわそわと周囲を見回した。

「……あのな、エリカ」

兄はわたしの隣に座り、言いにくそうに口を開いた。

「その……、ナーシル殿のことなんだが」

「なんですか。ナーシル様に、何か問題でも？　女性問題、それとも金銭問題ですか？」

こう言ってはなんだが、もしナーシル様に恋人がいても、莫大な借金を背負っていても、それはそれでかまわない。第二王子から逃げるためだけの婚約なのだ、相手にそう多くを求めるべきではないだろう。

「いや……、そういう問題じゃない。ナーシル殿には、恋人はいないだろう。金銭的な問題もない。彼は、神官らしく清貧を心がけているようだ。そうではなく……」

「ならば問題ございません」

わたしは少し、イライラしながら言った。

「いったい、何をおっしゃりたいのですか、アドリアン兄上？　わたしがお相手に求めるのは、ただ、人間として最低限の思いやりをお持ちかどうか、それのみです。……自分の小姓を、意識不明になるまで鞭打つようなサディストでなければ、何の問題もございませんわ」

わたしの返事に、兄は、うっと言葉に詰まった。

「そ……、それは、たしかに、大変大事なことだと思うが。しかし、年頃の娘として、婚約するなら、もっとこう、色々と大切なことがあるだろう……」

ぼそぼそと呟《つぶや》く兄に、わたしは生温《なまぬる》い目を向けた。

なにを夢見る乙女のようなことを言ってんだ。これだから婚活の勝者は。

「わたしは別に、白馬に乗った王子様を望んでなどおりません。ただわたしは……」

言いかけて、わたしは言葉を切った。

バラの生垣の間から、レオンと、長い銀髪の男性が、姿を現したのだ。

「え……」

わたしは驚きのあまり、口を開けて二人を見た。

レオンは騎士団の制服を着用していて、いつもより頭が良さそうに見える。制服の威力すごい。

いや、それは置いておいて。

わたしは、まじまじと、目の前に現れた巨漢——おそらくナーシル様だろう——を見つめた。

なるほど、たしかにレオンの言う通り、長い銀髪は美しい。庭園を吹き抜ける風を受けて銀髪がなびき、陽光をキラキラと反射させる様は、一幅《いっぷく》の絵のようだ。

ただ、その本体の大きさが、尋常ではなかった。恐らく一番サイズの大きな神官服を着用しているのだろうが、それでも前はパツパツで、今にもボタンが弾け飛びそうだ。

その顔をよくよく見ると、暁の空のように美しい紫色の瞳をしていた。……たしかにレオン、嘘は言っていない。

しかし、その美しい紫の瞳は、盛り上がった顔の肉に半ば埋もれてしまっている。腹回りにはたっぷりと贅肉《ぜいにく》がつき、ぶよぶよの三重顎のせいで首が見えない。肌の白さも相まって、これはまさに、よく肥えた白豚さんである。

「……だから言っただろう」

兄を見ると、苦りきった表情で私を見返した。

「ナーシル殿は、武芸に秀で、人柄も問題ない独身男性だ。が……、見ての通りだ。あの容姿のせいで、婚約が決まらない。見合いする女性が全員、あの容姿に驚き、嫌悪して逃げてしまうのだ」

……まあ、確かにこの体型は、初めて見る人には衝撃だろう。しかしわたしには、ここで引けない事情がある。

わたしはぐっと唇を噛みしめ、椅子から立ち上がった。

レオンとナーシル様が、四阿にやって来た。

「おお、リリー殿、アドもよく来たな。少し遅れてしまったか？」

ハハハ、と明るく笑うレオンに、わたしは腰を折り、挨拶をした。

「レオン様、本日はこのような場を設けていただき、感謝いたします。誠にありがとうございます」

くるりとナーシル様に向き直り、わたしはふたたび、深々と礼をした。

「初めてお目にかかります、ナーシル様。わたくし、ルカーチ伯爵家の娘、エリカ・ルカーチと申します」

しかし、返事がない。

ひょっとして、レオンが「リリー」とわたしを呼んだので、リリーとエリカのどちらが本名なのか、判断がつきかねているのだろうか。

「あの、わたくしの名前はエリカです」

失礼かもしれないが、わたしは顔を上げてもう一度、名前を強調して言ってみた。すると、ナーシル様は驚いたようにわたしを見返し、慌てて頭を下げた。

「……え、あ、失礼いたしました。私はナーシル、ナーシル・カルマンと申します」

動揺した様子のナーシル様に、レオンがにこやかに言った。

「ほら、俺が言った通りでしょう、ナルシー殿！　リリー殿は、ナルシー殿を見ても、逃げ出したりしませんって！」

どうやら今までの見合い相手は、ナーシル様の巨体を目にするやいなや、一目散に逃げ出していたらしい。不憫な。

兄もそう思ったらしく、ナーシル様に優しく微笑みかけた。

「ナーシル殿、私をご記憶でしょうか。ルカーチ伯爵家の嫡男、アドリアン・ルカーチと申します。ケナの地でご一緒したことがあるのですが……」

「アドリアン様、ええ、もちろん覚えております」

ナーシル様が頷くと、レオンが、

「ケナの地！　そうだ、そこで俺は貴殿《きでん》に命を助けられた！　リリー殿、ナルシー殿はまこと武芸に秀でておられてな、両刃斧を自由自在に使いこなすのだ！　あれは扱いが難しい武器なのだが」

夢中になって話すレオンに、わたしは愛想笑いを浮かべた。

「まあそうですの、素晴らしいですわね。わたしは残念ながら、両刃斧を存じ上げないのですが」

「おお、ならばお見せいたしましょう！　しばしお待ちを！」

「え、いや」

止める間もなく、レオンは身を翻《ひるがえ》し、屋敷のほうへ走っていってしまった。

……ちょっと。紹介者を、ほぼ初対面の相手の前に置き去りにするとか、ずいぶん非道な仕打ちじゃないですか。

ナーシル様も戸惑っている様子だ。とりあえず四阿の椅子をすすめると、「すみません」と謝りながらナーシル様が席についた。

うーむ。目の前に座られると、あらためてその巨体に驚く。どんだけ食べたらここまで太るんだろう。

ちょうど使用人がお茶を運んできてくれたので、わたしはそれを受け取り、お茶をいれた。

「どうぞ」

お茶を差し出すと、またもやナーシル様は、驚いたようにわたしを見た。

「……ありがとうございます」

革製のガントレットを外し、お茶を受け取る彼の手を見て、わたしは、おや？　と心の中で首を傾げた。

ナーシル様の手は、ところどころ古い傷跡らしい白い線が走っていたが、とても美しい形をしていた。普通、太った人間の手は、指まで太っているものなのだが。

「ナルシー殿！　両刃斧をお持ちしました！」

その時、レオンが息せき切って四阿へ駆け込んできた。手に、大きな斧のような武器と、何故か長剣も持っている。

「その斧が、両刃斧ですの？」

わたしはナーシル様に渡された武器を、しげしげと眺めた。

通常の斧とは違い、左右対称の重そうな刃が、長い金属柄の先についている。

「ええ、そうです、この武器は非常に破壊力がありますが、しかし、その重さゆえバランスが取りづらい。俺も何度か挑戦してみたのですが、結局、物にならず諦めました」

レオンは長剣をさっと振り、ナーシル様に言った。

「さあ、それではお相手ください、ナルシー殿！　アド、審判を務めてくれ！」

は？　と、レオン以外の全員が呆気にとられてレオンを見た。

「……なに言ってるんだ、レオン？」

レオンと付き合いの長い兄が真っ先に立ち直り、冷静に突っ込んでくれた。

「なにって、試合だよ、試合！　せっかく珍しい両刃斧の使い手がいるのだ、手合わせしないという法はない！」

いや、あの、今日はわたしのお見合いなんですが。

しかしレオンは、ご主人様に遊んでもらうのを期待する犬のように目を輝かせ、ナーシル様を見ている。

……なんか、ここで「わたしのお見合いが！」とか言ったら、何故かわたしのほうが悪者になりそうな、そんな理不尽な予感がする。

ナーシル様も困ったようにわたしと兄を見ている。

と、兄がふーっとため息をついて言った。

「……わかった。ただし、一試合だけだぞ。再戦はない。どちらかが武器を落とすか、膝をつくまでだ。……宜しいでしょうか？」

兄は明らかにナーシル様に聞いていたが、ナーシル様が答えるより先に、レオンが勢い込んで言った。

「よし、いいだろう！」

ナーシル様はガントレットを再びつけると、わたしと兄に頭を下げた。

「あの……、それでは、しばし失礼いたします。アドリアン様、審判をよろしくお願いいたします」

うん……。一番の被害者、ナーシル様がこう言ってるんだし……。レオンには、お見合いを設定してもらった恩もあるし、しかたない……。

「ナーシル様、頑張ってください！」

空気を読まないレオンを叩きのめしてくれ！　と祈りをこめてナーシル様に声をかけると、ナーシル様は、びくっと肩を揺らしてわたしを見た。

なんだろう。わたしは何もしていないのに、さっきからナーシル様に怯《おび》えられているような気がする……、何故だ。

「は、はい……、がんばります」

巨体に似合わぬかぼそい声で応え、ナーシル様は四阿前のひらけた場所に下りた。

レオンが待ちきれないように、長剣をぶんぶん振り回している。長剣ってけっこうな重さだと思うのだが、それをあんなに軽々扱うとは、レオンの筋肉は伊達じゃないんだな。

そして、そのレオンに対戦を熱望されるということは、ナーシル様もかなりの腕前なんだろう。

……見た目からは想像もつかないが。

兄は二人の中間に立ち、「始め！」と簡単に試合開始を告げた。

その瞬間、レオンが素早くナーシル様に剣を振り下ろし、わたしは思わず目をつぶった。

わたしの婚約者（予定）が、真っ二つに！

と硬直したが、すぐに、激しい剣戟《けんげき》の音が聞こえてきた。

恐る恐る目を開くと、驚いたことに、ナーシル様はレオンと互角に打ち合っていた。というか、しばらく見ていてわかったのだが、ナーシル様は、素早さではレオンを上回っているかもしれない。

あの巨体をどうコントロールしているのか、足元も少しの乱れもなく、正確に両刃斧を扱っている。レオンの剣をはじき、くるくると柄を回して踏み込み、レオンを後ずらせている。すごい。

「頑張って！　ナーシル様！」

わたしは思わず叫んでいた。

すると、ナーシル様がたたらを踏み、こちらを振り返った。紫色の瞳が、驚いたようにわたしを見ている。

え、あれ、応援しちゃマズかったかな。

その隙を見逃さず、レオンが長剣を振りかぶり、ナーシル様めがけて打ち下ろした。

今度こそわたしの婚約者（希望）が殺される！　と思ったが、次の瞬間、ナーシル様は驚くべき身のこなしで後ろに飛びのきつつ、レオンの長剣を逆に下から打ち上げた。

ガキン！　と金属の折れるイヤな音が響く。

同時に、折れた剣がヒュンヒュン回りながら、わたし目がけて飛んできた。

え、ちょっと。

ウソ。

これ、割と命の危機じゃないですか⁉

二章 『第二王子の側室にはなりたくない』

「エリカ！」

「エリカ様！」

兄とナーシル様が、慌てたように叫ぶ。

考える間もなく、わたしは魔法を使っていた。

『風の刃！』

とっさに風の攻撃魔法をぶつけ、飛んできた剣を叩き落とす。

カンカンカン……と、折れた剣が四阿の床の上を転がった。

「エリカ、無事か⁉」

兄が青い顔ですっ飛んできた。

「平気です、ちょっと驚きましたけど」

わたしは立ち上がり、両手を広げてみせた。

「リリー殿、素晴らしい反射神経ですね！」

レオンが能天気にわたしを褒めた。

うん、まあ、レオンらしいお言葉ですね。

「……申し訳ございません……」

ナーシル様が、巨体を縮めるようにして頭を下げた。

「事もあろうに、エリカ様を危険な目にあわせるなど……」

身の置き所もない、というナーシル様の様子に、わたしはちょっと和《なご》んだ。

ナーシル様、いい人っぽいなあ。

「平気ですよ。わたし、反射神経がいいんです」

わたしが言うと、調子にのるな、と兄がわたしの頭を軽く叩いた。

「いやいや、誠に素晴らしい！　それに、先ほどの魔法も見事でした！」

レオンはなおも言った。

「とっさにあれだけの魔法を放つのは、熟練の魔術師でも難しいでしょう！　感服いたしました！」

……へへ、そうですか？

わたしは、滅多に褒められることのない攻撃魔法を賞賛され、ちょっといい気になった。

防御魔法や治癒魔法ならともかく、攻撃魔法を貴族令嬢が使うなんて、と差別的な扱いを受けているから、こんな風に褒められると素直に嬉しい。

「防御魔法ならともかく、さっきのは攻撃魔法だろう。……エリカ、あまり人前で攻撃魔法を使うのは……」

「わかってます、でも、さっきは仕方なかったじゃないですか」

わたしたちのやり取りに、ナーシル様が不思議そうな表情になった。

「……なぜ、攻撃魔法を人前で使用できないのですか？」

兄は肩をすくめた。

「外聞が悪いでしょう、伯爵令嬢が攻撃魔法を使用するなど」

「そういうものなのですか？」

ますます理解できない、という表情でナーシル様は言った。

「レオン様のおっしゃる通り、先ほどの魔法は見事でした。簡潔な詠唱で、素早く効果的な魔法を使いこなしておられた。……戦いの場にあれば、心強く、頼りとされることでしょう。誠に素晴らしい風の魔法でした」

…………………。

ナーシル様の言葉に、わたしはちょっと感動していた。

兄でさえ、貴族女性が攻撃魔法を使うなど、という差別意識を何の疑問もなく口にしているというのに、ナーシル様は、わたしの魔法を正当に評価してくれた。

学園に入って思い知らされたが、貴族女性はしょせん、貴族男性の所有物のようなものだ。結婚前は父親、結婚してからは夫が支配者となり、家督を譲られるなどの特例を除けば、女性がそこから抜け出すことはほぼ不可能だ。

でも、ナーシル様は違う。

彼は、わたしを支配すべき存在とは見ていない。貴族の事情に通じていないだけかもしれないが、でも、それだけではないような気がする。弱者を踏みつけにする人間は、どんな階級にも存在するが、ナーシル様はそうしたクズとは明らかに違う。

レオンの言う通り、彼は間違いなくいい人だ。あのサディスト第二王子と比べるべくもない。ちょっとくらい太ってようが、それが何だってんだ。

わたしはナーシル様に歩み寄ると、彼の手をとった。

「ナーシル様、わたくしと婚約してください！」

わたしが高々と宣言するように言うと、ナーシル様は何を言われたのかわからない様子で、ぱちぱちと瞬きした。

兄は驚愕し、レオンはニコニコしている。

「え？　は、はい？」

ナーシル様は目を白黒させ、わたしを見た。

「お、おいエリカ、女性からそのような……」

「兄上は黙っててください！」

わたしは兄を睨《にら》み、ナーシル様に向き直った。

「ナーシル様は、神殿から離れるために、婚約者が必要なんですよね？」

「そうです、そう聞いております！」

横からレオンが口を出したが、わたしは無視してナーシル様をじっと見た。

「はい……、その通りです」

ナーシル様が、ふるえる声で答えた。

「大変失礼な理由であることは、重々承知しております。しかし、私は……」

「いいえ、なんの問題もございません！」

わたしはナーシル様の言葉をさえぎるように言った。

ナーシル様がわたしのことを、何とも思っていなくともかまわない。これは打算と利害の一致による婚約なのだから。

「ナーシル様が婚約者を必要としておられるように、わたくしもどうしても婚約者が必要なのです！　そして、ナーシル様は素晴らしいお人柄とお見受けいたしました。わたくしにはもったいないほど、お優しく、思いやりのあるお方かと！」

「え……」

真っ赤になるナーシル様を見て、わたしは思った。

わたしのことを、何とも思ってなくともかまわない……けど、少なくとも嫌われてないといいな。

この優しい、人の好さそうな神官に嫌われたら辛い。

「お願いします、ナーシル様！　どうかわたくしの婚約者になってください！」

あと一押し、と思って勢いよく頭を下げると、

「あ、あの、頭をお上げ下さい」

困ったようなナーシル様の声がした。

「私になど、頭を下げる必要はありません」

「ナーシル様」

わたしの手に、ナーシル様のもう片方の手がそっと重ねられた。

「……私のように醜い者でよろしければ、喜んでエリカ様と婚約させていただきます」

その言葉に、わたしは思わず飛び上がった。

やった！　やったぞ！　婚約成功ーっ！

「ありがとうございます、ナーシル様！」

「いえ、こちらこそ、ありがとうございます。……申し訳ありません」

ナーシル様は、少し困ったような表情でわたしを見た。

むくんだ瞼《まぶた》の下からのぞく紫色の瞳が、とても美しく見えた。


私は嘘をついている。母を亡くし、神殿入りが決まった時から、ずっと。

それは仕方のないことだ。誰も傷つけず、己を守り、平穏な生活を送るためには、そうするしかない。

ずっとそう思ってきた。いや、そう思おうと、自分に言い聞かせてきた。

実際、そうして自分を偽らなければ、いかに神殿という後ろ盾があったとしても、面倒事に巻き込まれていただろう。

新しい神官長が任命されるまでの六年間は、平和だった。醜い白豚神官と後ろ指をさされることはあったが、まったく気にならなかった。むしろ、誰にも好かれたくなどなかった。たとえ見下され、侮蔑の言葉を吐かれても、下手に近づかれるより放っておいてもらえるほうが、よほどありがたかったのだ。

唯一、私の事情を承知していた前任の神官長は、ずっと私のことを心配して下さっていた。

「人間すべてが、恐ろしい怪物ではないのだ、ナーシル。己を隠し、すべての人を遠ざければ、たしかに傷つけられることはないかもしれぬ。しかし、それでは本当の幸せは得られない。誰かを心から愛し、愛される機会を捨ててしまうことになるのだから」と。

しかし、私は育ての親である彼の言葉にすら、耳を傾けようとはしなかった。

私は意固地な臆病者だった。自分の世界に閉じこもり、このまま神殿で一生を過ごすことに、何の疑問も持たなかった。白豚と揶揄《やゆ》されはしても、神殿はある程度、能力主義でもあったので、私の魔力や剣技は重宝されたからだ。

しかし、神官長が亡くなられてから数年後、私は還俗を決意した。

神官長の突然の死については当時から色々と取り沙汰されていたが、事が事なので皆関わりを避けていた。私は神官長の死の真相を明らかにし、その無念を晴らしたいと願ったが、それは俗世との関わりを禁じられた神殿にいたままでは不可能だった。名目だけでも、神殿から離れる必要があったのだ。

だが、還俗のためには婚約しなくてはならないとわかり、私は頭を抱えた。

この容姿では、誰も婚約など承諾してはくれぬだろう。かと言って、本当の姿をさらすわけにもいかない。

困り果てていた時、騎士のレオン・バルタ様から声をかけられた。知り合いの女性が婚約者を探しているという。しかも訳ありらしく、その婚約は基本的に解消することが前提らしい。込み入った事情がありそうで、どこまで信用していいのか、正直迷った。

それというのも、どうやらレオン様の知り合いというのが、ルカーチ家の妹姫らしいとわかったからだ。

ルカーチ家は、前王朝から連綿と続く名家のうえ、貴族の中でも指折りの資産家である。その兄妹の美貌もつとに有名だ。……そしてルカーチ家の妹姫は、あの第二王子、ジグモンドのお気に入りとしてもその名を知られている。

そのような貴人が、なぜわざわざ私などとの見合いを望むのか、どうにも納得がいかなかった。話を持ってきたのがレオン様でなくば、私の企みを知ったうえで、反応を見極めようとされているのかと疑っただろう。

しかしレオン様は、少々癖のあるお方だが、謀略とは無縁だ。思い込みや間違いという可能性はあるだろうが、そこまで勘ぐる必要もないだろうと思った。

むしろ、これは好機かもしれない。第二王子のお気に入りに近づければ、その動向を探るのもたやすくなる。

早咲きの秋バラが咲《さ》き初《そ》める庭園で、私はエリカ・ルカーチ様と初めてお会いした。

兄アドリアン様とは戦地でお会いしたこともあり、お美しい方だということは承知していたが、エリカ様は、アドリアン様とはまったく違っていた。

いや、たしかに顔立ちはそっくりだった。色違いの宝石と称されるだけはある。

だが何と言えばいいのか、アドリアン様は貴族らしい落ち着きと自信に満ちあふれた、気品ある美貌の持ち主であったが、エリカ様は——他の誰にも見たことのない、燃え盛る炎のような、あるいは庭園に咲き誇るバラのような、生き生きとした目もくらむような輝きに満ちていた。

エリカ様の、他の誰にも見たことのない生命力にあふれた美しさに気を取られていたせいかもしれない。

『風の刃！』

レオン様との手合わせで、私は事もあろうにエリカ様に向けて折れた剣を飛ばすという、大失態を演じてしまった。

なんということを、と凍りつき、無様に立ち尽くす私を尻目に、エリカ様は慌てず騒がず即座に風の魔法を放ち、飛んできた剣を叩き落とした。

うろたえる私たちに、エリカ様は何でもないことのように微笑み、おっしゃった。

「平気ですよ。わたし、反射神経がいいんです」

その表情は自信にあふれ、輝いていた。貴族令嬢にこのような言葉は失礼かもしれないが、何というか、その、か……、格好いい、と思ってしまった。

エリカ様は、白豚と罵られる醜い私にもお優しく、私を嫌悪するようなそぶりをまったくお見せにならない。それどころか、何故かエリカ様は、私に婚約を申し込んでくださった。

婚約してください、とおっしゃった、あの時のエリカ様の声や姿を思い出すと、胸がドキドキして苦しくなる。

ためらいなく私に手を差し伸べた、あの時のエリカ様。凛《りん》として気高く、まるで物語の中の騎士のようだった。いや、貴族令嬢に騎士という言葉はおかしいだろうか。でも、私をまっすぐに見つめるエリカ様の瞳は輝かしくも力強く、その視線に、私は胸を射抜かれたような気がした。……何度も言うが、格好よかった。

どうしよう。

まさか、自分がこんな感情を抱くとは、思いもしなかった。

私はエリカ様を、自分の復讐に利用しようとしている。本当のことを何一つ伝えず、偽りと憎しみに満ちた醜悪な怪物として、あの美しい人の前に立っている。それが苦しくてたまらない。エリカ様に偽りの存在の自分しか知っていないのが、こんなにも悲しい。

その時、私は亡くなられた神官長の言葉を思い出した。

「人はすべて、恐ろしい怪物ではないのだ」と神官長は言っていた。だから己を隠し、人を遠ざけるのはやめよ、と。

だが私は愚か者だった。神官長の言葉の意味を、理解できなかった。

そして理解できた時には、何もかも遅すぎた。

初めて心惹かれた人と出会えた時、私は、自分自身がかつて嫌悪した、怪物と成り果てていた。

嘘と秘密にまみれ、憎しみを糧に生きる、恐ろしい化け物となっていたのだ。


ふふっ。

ふふ、イヒヒッ。

ニヤニヤ笑うわたしを、兄が気味悪そうに見ているが、まったく気にならない。

「エリカ様、よろしゅうございましたわね」

優しく声をかけられ、わたしはさらにニヤニヤ度を深くした。

「義姉上《あねうえ》、ありがとうございます」

優しく美しいユディト義姉上にも、婚約者の件ではずいぶん心配をかけた。こうして祝ってもらうと、今までの苦労が報われる思いだ。

居間のソファでくつろぎ、お茶を飲みながら婚約を祝ってもらうとか、至福のひと時である。

「ナーシル様は、もう還俗されましたの？」

「いいえ、婚約発表が卒業の時になりますので、それまでは神官のままだそうです。ただ、還俗を前提として勤めておられるので、わたしが学園を卒業するまでの三ヶ月間は、どこかの戦地に飛ばされるとか、遠方の神殿に配属されるとか、そういったことはなくなるそうです」

そうなんですの、良かったですわねえ、とユディト義姉上が優しく微笑んだ。

ウフフ、へへへ、ありがとうございます！

わたしたちとは対照的に、兄はどこか浮かない顔つきだ。

「アドリアン、あなたからもお祝いをおっしゃって。エリカ様の婚約が決まったというのに、そのような仏頂面《ぶっちょうづら》をされて」

ユディト義姉上に怒られ、兄は慌てたような表情になった。

「仏頂面など……、そうではなく、私は心配なのだ」

兄の言葉に、わたしとユディト義姉上は首を傾げた。

兄は、憂鬱《ゆううつ》そうな表情で続けた。

「ジグモンド様は、自分をコケにした人間を、決してお許しにならない。……王子がエリカを側室に望まれているのは、学園のみならず、王都中の貴族が知るところだ。にもかかわらず、エリカは王子を袖にし、一介の神官と婚約した。……これが知れ渡れば、王子はいい面の皮だ」

そんなこと言われても。

「兄上は、ジグモンド様による報復を恐れていらっしゃるのですか？」

「いや。……ルカーチ家には、手出しはされぬだろう。私が心配しているのは、ナーシル殿だ」

兄の言葉に、わたしは目をみはった。

「なぜナーシル様を？　兄上のおっしゃった通り、ナーシル様は貴族ではなく、一介の神官にすぎません。ジグモンド様がわざわざ手出しされるような方では」

そもそも王族が神殿側の人間に何かしたりしたら、それこそ神殿ｖｓ王家の全面戦争になってしまう。

ジグモンド王子はサドではあるが、そんなこともわからないアホとは思えない。

「今はな。……ナーシル殿が還俗した後なら、ジグモンド王子が何か仕掛けても、神殿側は何も言うまい」

兄の言葉に、わたしとユディト義姉上は固まった。

ジグモンド王子、そこまで執念深いと思われてんのか。

しかしわたしも、王子の小姓に対する執拗な暴力を目の当たりにしている。

「え、あの、ちなみに、ジグモンド王子が報復するとしたら、どのような……？」

「そうだな。まず、還俗した後のナーシル殿の身の振り方にもよるが」

兄は難しい顔つきで言った。

「あれだけの腕があれば、騎士として取り立ててもらうことも可能だろう。レオンも心酔しているようだしな。……その場合、戦死する可能性の高い、激戦地の前線に送られるかもしれん」

えー!?

婚約直後に未亡人⁉　いや、まだ結婚はしていないけど。

「エリカ、おまえは第二王子の側室になりたくないから、婚約者を探していたのだろう。卒業時に婚約を発表すれば、第二王子からは逃れられる。が、その後はどうするつもりだ？」

兄が真剣な表情でわたしを見た。

「先ほども言った通り、ジグモンド様はルカーチ家に報復はできぬだろう。が、ナーシル殿は違う。卒業後、すぐにおまえが婚約を解消すれば、ナーシル殿は神殿という後ろ盾を失い、ルカーチ家との繋がりも断たれた状態で、第二王子と対峙《たいじ》せねばならんだろう」

「婚約解消はしません！」

わたしは思わず叫んだ。

「少なくとも、第二王子の脅威がなくなるまでは、わたしがナーシル様をお守りいたします！」

ナーシル様が殺されるような事になったら、それは間違いなくわたしのせいだ。

わたしは第二王子から逃げるため、ナーシル様は神殿から離れるため、互いに打算から婚約したわけだが、しかし、ナーシル様は優しい人だった。わたしと婚約したせいで、ナーシル様を危険な目に遭わせたりしたら、悔やんでも悔やみきれない。

「神殿に参ります。兄上、一緒にいらしてください！」

わたしが立ち上がると、

「アドリアン、仕度をなさって。執事に馬車を用意させますわ」

ユディト義姉上もすばやく援護してくれた。

「……わかった、行くよ、行けばいいんだろう……」

久しぶりの休日なのに……と弱々しくつぶやく兄を尻目に、わたしは拳を握りしめ、固く決意した。

絶対、ナーシル様を、あのサディスト第二王子の餌食になんかさせない。

せっかくつかまえた婚約者というのを差し引いても、彼は人畜無害な、とても優しい人だった。

そんな人を、あの異常者の毒牙にかけてなるものか！

ナーシル様の所属する王都第一中央神殿は、広場にほど近い一等地にあった。

「……神殿って、お金持ちなんですね」

わたしはあまり信心深くなく、神殿にお参りしたことも数えるほどしかなかったため（しかもそのすべてが縁結び関係）、中央神殿の規模の大きさに目をみはった。

神殿の入口には、メイスを持った護衛の神官が立っているし、神官のローブさえなければ、神殿というより大貴族の城のようだ。

「……中央神殿は、元々所領も他の神殿に比べて桁違いの広さを誇っている。しかも近年は、積極的に若手の神官を戦地へ送り込んだり、商人の護衛に派遣したりしているようだ。その稼ぎ頭が、まさにナーシル殿らしいな」

えー、それって、体のいい奴隷では。

わたしの言いたいことに気づいたのか、兄は声を低めて言った。

「最近、使いつぶされる若手の神官が激増し、問題視されている。……ナーシル殿も数年前、戦地で大怪我を負ったらしい。それ以降、何度も嘆願書を提出しているが、すべて却下され、相変わらず戦争漬けの生活を送っていたようだ。……嫌気がさすのも無理はないな」

兄の言葉に、わたしも顔をしかめた。

何それひどい。神官としてのナーシル様、まさに使い捨ての奴隷状態だったわけか。

入口付近にいた若い神官に、ナーシル様へ取次を頼むと、

「ああ、本日ナーシル神官はお休みを取られていますね。朝早く、レオン・バルタ様が迎えに来られまして、ご一緒にシシの森へ行かれたようです」

なんでレオンが⁉

わたしと兄が顔を見合わせると、神官が笑って言った。

「ナーシル様は休日、冒険者として森を探索されているのですが、どうもレオン様が、それについて行きたがったようで。ナーシル様も困っておいでしたが、最終的にはご一緒されたようですね」

「そうですか……」

おのれレオン。婚約者より先に休日の予定を押さえるとか、ある意味、第二王子より面倒なヤツ。

「どうする、エリカ」

「どうするもこうするもありません！　我々もシシの森へ向かいましょう！」

私の休日が……とうなだれる兄の腕を引き、わたしは馬車に飛び乗った。

シシの森は、広場を抜けた先にある、森というよりは林と草原が一体となったような国の所領だ。それほど広くなく、また街道沿いにあるため、危険な魔獣などは出没しないし、希少な薬草などもない。冒険者になりたての、初心者用の森である。また、シシの森は国の所領だが、冒険者や地

域住民に解放されており、ここで狩りをしたり採集を行ったりしても、お金を納める必要はない。無料取り放題の場所なのだ（乱獲禁止のためのガイドラインはあるようだが）。

「……ひょっとしてナーシル様は、還俗後、騎士などの職には就かれず、冒険者となるおつもりなのでしょうか」

わたしは馬車を降りた後、シシの森を歩きながら兄に言った。

こんなことなら、もっと歩きやすい靴を履いてくるんだった。踵《かかと》の高い靴で森歩きする羽目になろうとは。

「あれだけの腕前だ、少しもったいない気もするが、どうだろうな。……第二王子のことを考えるなら、良い選択と言えるかもしれんが」

兄も歩きにくそうにしながら答えた。すまん、その高そうなブラウスにかぎ裂きが出来たら、わたしがユディト義姉上に謝ります。

それにしても、とわたしは首を傾げた。

「もったいない、とは？　ナーシル様なら別に騎士にならずとも、冒険者として十分身を立てることがおできになるのでは？」

あれだけの剣の腕前、しかも魔力もあるというのなら、冒険者としても問題なかろうと思ったのだが。

「……おまえは領地育ちで、よくわかっていないのかもしれんが。貴族からすれば冒険者など、まともな人間とは見なされん。まして神官くずれの冒険者など、訳ありと言っているようなものだ」

兄の言葉に、わたしは肩をすくめた。

「貴族からどう思われようと、別にかまわないじゃないですか。実際のところ、貴族より平民のほうがずっと数が多いんですよ。貴族と関わらずに生きていけば、何の問題もないでしょう」

「それは……」

「兄上は、気にしすぎですよ」

「おまえが気にしなさすぎなんだ！」

兄と話しながら、冒険者か、とわたしは考えた。

第二王子から逃げることしか考えていなかったが、最終的にナーシル様と円満に婚約解消した後、冒険者になるのもいいかもしれない、とふと思ったのだ。

第二王子とのいざこざを考えれば、卒業後は貴族とは関わりのない世界で生きていくほうがいいだろう。無難なところで住み込みの家庭教師などを考えていたが、冒険者という手もあるのだと初めて気づいた。

領地にいた頃、何人かの冒険者を見かけたこともあったが、領地でも地位のある人間は冒険者を蔑んでいたし、行政官などはわたしの視界にも彼らを入れたくないようだった。

たしかに彼らは、普通の領民とは明らかに異なっていた。抜き身の剣のように危険で、王も領主もなくただ己だけを主とする、強烈な自負と力強さに満ちていた。

彼らはわたしから遠く隔たった存在だった。冒険者になるという選択肢すら、頭に思い浮かばぬほどに。

ナーシル様のおかげで気づいた選択肢だが、冒険者になるという考えは、悪くないように思えた。

わたしが狩りの真似事をしていたのは、子どもの頃、領地にいた時だけだし、冒険者となるには、狩り以外にも種々のスキルが必要だろう。わたしが実際に冒険者としてやっていけるのかどうか、まだわからないが、考えてみる価値はあるかもしれない。

しばらく歩くと、見晴らしのよい草原に出た。

目を凝らすと、少し先にキラキラ輝く銀色が見えた。

「兄上、あれ、ナーシル様ではないでしょうか」

「あそこまで歩くのか……」

兄ががっくりとうなだれた。国の要請に応じ戦場に出ることもあるが、兄は基本、文官である。体力はあまりない。

「兄上はそこで休んでてください、わたし、先に行ってますね！」

対するわたしは、領地で過ごした子ども時代、同年代の仲間たちに山ザル呼ばわりされた実績をもつ。正直、兄よりよほど体力があるんじゃなかろうか。

わたしは靴を脱いで片手に持ち、スカートの裾をつまんで走り出した。

「おい、ちょっ、待てエリカ！」

兄が叫んでいるが、無視。

ていうか、あー、気持ちいい！

こんな風に窮屈な靴を脱いで、思い切り走るなんて、本当に久しぶりだ。

わたしは、草むらの中に屈むナーシル様とレオンを見つけ、声をかけた。

「ナーシル様！　レオン様！」

二人は立ち上がり、レオンがわたしに手を振った。

「おお、ネリー殿！　どうされましたか⁉」

本日のわたしはネリーか。まあいい。

「ナーシル様にお会いしたくて参りましたの！　兄も向こうにおりますわ！」

ナーシル様が驚いたようにわたしを見ている。わたしを見、レオンを見、そしてそっと腕を上げ、わたしに向けて控えめに手を振った。

わたしは思わず声を上げて笑った。なんだかナーシル様って可愛い。

靴を履いて近づくと、二人とも冒険者そのものの格好をしているのがわかった。

厚手の生地の長袖シャツとズボンに、革のガントレットとロングブーツ、フード付きマント。武器が両刃斧と長剣という違いだけで、後は双子のように一緒だ。サイズはだいぶ違うが。

「ネリー殿、その格好でここまで来られたのですか？　歩きづらかったのでは？」

レオンのもっともな指摘にわたしは苦笑した。

「森に来るつもりではなかったんです。神殿でお聞きしたところ、ナーシル様がこちらにいらっしゃると伺ったので」

「あの、申し訳ありません、私に何かご用だったのでしょうか？」

ナーシル様がおずおずと言った。

「ナンシー殿に用が？　なら、俺は獲物の解体をしてますので、お二人でお話しください」

ナーシル様は、ナンシー呼びにも特に抗議することなく、「ありがとうございます」とレオンに頭を下げていた。

レオンの手元をのぞき込むと、丸々と太った小型魔獣、ヒウサギが見えた。火属性の魔獣で、肉もおいしいし、毛皮も高く売れる。

水魔法で斧についた血を洗い流しているナーシル様に、わたしは単刀直入に聞いた。

「ナーシル様、還俗した後のご予定について、伺ってもよろしいでしょうか」

「還俗した後、ですか？」

ナーシル様は、慣れた手つきで両刃斧を拭い、くるくると柄を回して状態を確認している。

「ええ、そうです。神官を辞められた後、例えば騎士になられるとか……」

「いいえ」

ナーシル様はかぶりを振り、言った。

「還俗した後、私は冒険者になるつもりでおります。騎士にも、役人にもなるつもりはありません」

きっぱり言い切った後、何故か「すみません……」と謝るナーシル様に、わたしは安心して言った。

「そうですか、ようございました」

わたしの返事に、ナーシル様は目をぱちくりさせた。

「え？」

「もし騎士になられるおつもりでしたら、どうしようかと思っておりました。……実は、わたくしの問題なのですが」

わたしはかいつまんで事情を説明した。

「そういう訳ですので、ナーシル様が冒険者を目指されると伺い、安心いたしましたわ」

「そ、そうだったのですか……」

「ひどい話ですね！」

頷くナーシル様と、いつの間にか会話に混ざっているレオン。

わたしはナーシル様を見つめ、言った。

「ナーシル様が、神殿から離れるためにわたくしと婚約してくださったのは、承知しております。ですが、そういった事情ですので、卒業後もしばらくは、婚約を解消しないでいただきたいのです。ナーシル様が冒険者になられるというなら、そうですね……、少なくとも、王都を出られるまでは」

「わかりました」

ナーシル様はあっさり頷いた。

「エリカ様が学園を卒業された後、私が王都を去るまで、婚約解消はいたしません」

良かった。

ナーシル様の返事に胸を撫で下ろしていると、レオンが爽やかに言った。

「そういう事なら、ナンシー殿と婚約して良かったですね、ネリー殿！」

レオンの言葉に、ナーシル様が、えっと飛び上がった。

「そ、そのような。私のような平民の、しかももうじき冒険者となる身の……」

「冒険者の何がいけないのだ」

「そうですわナーシル様。盗賊などの犯罪者集団に身を投じるとおっしゃるなら、何としてでもお止めいたしますが、冒険者なら何の問題もございません！」

「と、盗賊にはなりません……」

ナーシル様はうつむき、小さな声で言った。

「じゃあ、もう何の問題もありませんな！　ヒウサギの肉を召し上がらんか、ネリー殿？」

「よろしいのですか？」

もちろんです！　とレオンは爽やかに頷き、ふたたびヒウサギの元に戻った。

わたしの返事に、ナーシル様が驚いた表情を浮かべているので、わたしは念のため、言っておいた。

「あの、お二人の分まではいただきませんわ。味見をさせていただければ、それで十分です」

「いえ、その、そういう意味では……」

ナーシル様が慌てたように言った。

「ただ……、驚いたのです。貴族の女性が、その……」

ああ、とわたしは納得した。

「わたくしは九歳まで、領地で育ちましたの。領民の子どもと同じように、木の実を拾い、狩りもいたしました。仕留めた獣を、火魔法で焼いていただくのが、昼食の代わりでしたわ。屋敷にはめったに帰らず、乳母の家で、領民とともに生活していたんです」

わたしの子ども時代のワイルドライフに、ナーシル様が目をみはった。

「そ……、そうだったのですか……」

「ええ、まったく貴族らしからぬ幼少時代でしたわ。ナーシル様は、どのような子ども時代を過ごされましたの？」

わたしの質問に、ナーシル様は考え込むように下を向いた。

「……私の子ども時代は……」


エリカ様の言葉に、私は朝の出来事を思い返していた。そもそも今朝は、一人でシシの森へ行く予定だったのだ。しかし、

「ナンシー殿、迎えに参った！」

朝早く神殿を訪れたレオン様が、意気揚々と私に告げた。

週末に、レオン様と何か約束をしていただろうか。まったく覚えがないのだが、とりあえず私はレオン様に謝罪した。

「申し訳ありません、レオン様。何かお約束をしておりましたでしょうか。うっかり忘れてしまったようです。森に行く前にいらしていただけて、助かりました」

「いや、約束はしていない！　……森？　どこの森へ行かれるのか？」

「え？」

私は噛みあわぬ会話に苦労しながらも、休日は冒険者として付近の森を探索しているのだ、とレオン様に告げた。すると、

「よし、では今日はシシの森に行こう！」

レオン様が元気よく言った。

「え？」

「装備はこんなもので大丈夫だろうか？　武器は長剣だけだが」

「あ、ええ。シシの森でしたら、大した魔獣は出ませんので、問題ないかと」

そういう訳で、よくわからぬ内に、レオン様と一緒にシシの森に行くことになってしまった。

レオン様に悪気はまったくなく、素直に「一緒に森に行くのがすごく楽しみ！」と態度に出されてしまうと、お断りするのがとても難しい。

また、こんなことを言うのはレオン様に対して大変不敬であるのだが、嬉しそうに私を見るレオン様の様子が、まるで遊んでもらうのを待っている人懐こい犬のようで、どうにも邪険にできないのだ。

それにレオン様は、私にエリカ様を紹介して下さった。この一点だけでも、たとえ百回約束なしにシシの森へ連れ出されたとしても、何の文句もない。

私はエリカ様を思い出し、少し赤くなってしまった。

……エリカ様は、たいそう変わった姫君だ。

美しく、由緒正しいルカーチ家のご令嬢でありながら、まったく驕《おご》ることなく、私のような卑しく醜い人間を嫌悪することもない。それどころか、私を「優しく、思いやりがある」と褒めて下さった。頭を下げてまで、私との婚約を望んで下さった。

あの時のことを思いだすと、心がふわふわと浮き立つような、それでいて悲しくなるような、不思議な心持ちになる。

エリカ様は、あの第二王子の想い人だ。こんな風に心を傾けるべき相手ではない。第二王子の動向を探る手段として、割り切って接するべきだ。

それはわかっているが、もう少しだけ、エリカ様の婚約者でいたい。それに、どちらにしろエリカ様が学園を卒業されれば、婚約も解消され、言葉を交わす機会もなくなってしまうのだから。

婚約が解消されるまで、あと二、三回はお会いすることもできるだろう。そうすれば、あの宝石のような瞳に見つめられ、あの弾むように楽しげな声で、私の名を呼んでいただく機会もあるだろう。

その思い出があれば、残りの一生を幸せに生きていけるような気がする。

そう考えていたら、何故かシシの森にエリカ様が現れ、私は仰天した。しかも、私に会いにいらしたのだと言う。もしかしてもう婚約を解消されるのかと恐怖に凍りついたが、そうではなかった。

エリカ様は、私の身の安全を心配し、わざわざ会いに来て下さったのだ。

第二王子との関わりについて説明された時は、心臓が止まるかと思ったが、エリカ様が第二王子を嫌っていらっしゃるのがわかり、私は安堵した。安堵して、そしてとても嬉しくなった。

そうか……。エリカ様は、第二王子ジグモンドをお好きではなかったのか。それどころか、迷惑に思われていたのか。

私は少し、溜飲《りゅういん》が下がるような気がした。第二王子は、その想い人に嫌われている。側室にと望むほど気に入った相手が、私のような身分卑しい醜い者と婚約したと知ったら、あの男はどれほど怒り、失望するだろう。そう思うと、暗い喜びが胸にわきあがった。

……しかし、事情はわかったが、エリカ様は私のような者が婚約者で本当にかまわないのだろうか。どう考えても、私より条件のいい貴族の子弟がいくらでもいると思うのだが。

いくら婚約解消が前提とはいえ、私が女なら、私のような男など、まっぴらごめんだと思うのだが。

考え込む私に、エリカ様は屈託なく、私の子ども時代について質問された。

私の子どもの頃の話か……。エリカ様に喜んでいただけるような良い思い出などないのだが、話しても大丈夫だろうか？

初めて一人で市場へ行った帰り道、知らない大人たちにさらわれかけたことや、近所の親切なお兄さんが実は奴隷商人で、あやうく売り飛ばされそうになったことなど……、あまり楽しい話題ではないな、これは。

楽しかった思い出か……。そう言えば、中央神殿に引き取られたばかりの頃、よく神官長に料理を教えてもらったな。神殿には料理上手な神官が多く、神官長もなかなかの腕前だった。神殿ごとにそれぞれ門外不出のレシピを持っていて、祭祀でその料理が振る舞われると、どこそこの神殿のほうが旨いだのなんだのと、諍いが起こるほどだった。

「料理をすると心が落ち着き、気が晴れるぞ」と神官長はおっしゃっていたが、確かにその通りだった。いろいろな食材や調味料、香草を組み合わせる作業はとても楽しいし、おいしい料理を作れた時は、達成感を味わえた。

神官長の秘蔵のレシピも教えてもらったな。中央神殿を視察された先代の国王に、お褒めの言葉をいただいたというソース、あれはかなり手間がかかるが、たしかに味は絶品だった。ああ、今日そのソースを作ってくればよかった。ヒウサギの肉に、あのソースはとても合うのに。エリカ様に食べていただきたかった……。

しかし料理についての話など、貴族令嬢であるエリカ様には退屈かもしれないな。

エリカ様の子ども時代の思い出も、貴族令嬢としてはかなり破天荒な部類だと思われるが、どうだろうか。私の思い出話は、エリカ様に楽しんでいただけるだろうか。

私は迷いながらも、口を開いた。

エリカ様の瞳がきらきらと輝き、私を見つめている。

その瞳はまるで、夜空に輝く星のように美しかった。


「……私の子ども時代は……」

ナーシル様が言いかけた時、

「ああ、ここにいたのか！　やっと着いた、ああ、疲れた！」

兄アドリアンの声が後ろで聞こえた。

振り返ると、兄は、疲労困憊《こんぱい》の体で草むらに座り込んでいた。

「アドリアン様、大丈夫ですか？」

ナーシル様はオロオロと、座り込む兄に手を差し伸べた。

「兄上、もう少し体力をつけられたほうがよろしいのでは？」

「おまえという奴は……」

わたしの言葉にぶつぶつ文句を言いながらも、兄はナーシル様の手を借りて立ち上がった。

「ありがとう、ナーシル殿。……おや、いい匂いがするな。何か仕留められたのか？」

「ヒウサギだそうです。わたしは先ほどお誘いいただいて、ご相伴にあずかることになりましたの」

「…………」

兄が何か言いたげな視線をわたしに向けたが、気づかぬふりでにっこり笑うと、ため息をつかれた。

「……しかたない、それでは私も一緒に……」

「いいえ、兄上までご一緒されては、レオン様とナーシル様の召し上がる分がなくなってしまいますわ。兄上はご遠慮なさってくださいまし」

「そんな……」

絶望の表情を浮かべる兄に、ナーシル様が慌てたように言った。

「あの、よろしければ、アドリアン様もぜひ、お召し上がりください。お口に合わぬかもしれませんが……」

「ありがとう、ナーシル殿」

兄がフッと勝ち誇った笑みを浮かべ、わたしを見た。小癪《こしゃく》な。

「自分が食べた分は、自分で補充するべきですわ。兄上、ヒウサギをもう一羽、狩ってくださいませ」

わたしの言葉に、兄が明らかに焦った様子で言い返した。

「そ、その言い分でいけば、おまえもヒウサギを狩る必要があると思うぞ」

「わたしはナーシル様の婚約者ですもの。婚約者同士は一心同体！　……ですけれど、必要とあらば、わたしも狩りをいたしますわ」

狩りなんて子どもの頃、少しやっただけだが、とても楽しかった。

罠を仕掛けるのも、飛ぶ鳥を射落とすのも、わたしはとても得意で、仲間の誰よりも多く獲物をしとめることができた。

「焼けたぞ！　……と思うんだが、ナンシー殿、確認していただけるか？」

レオンが少し自信なさげにナーシル様に声をかけた。

「レオンは、ずいぶんナーシル殿と親しくなったようだな」

兄が感心したように言った。

「名前は間違ってますけどね」

わたしの指摘に、兄は肩をすくめた。

「そこはレオンだ、仕方ない。……だが、レオンはああ見えて人を選ぶ。どれほど剣技が優れていても、心根の卑しい者とは、決して親しくなろうとしない。……ナーシル殿は、間違いなく素晴らしい人物だ。体型は、まあ、アレだが、おまえはいい婚約者を選んだようだな」

「わたしが選んだんじゃなくて、お願いして婚約者になっていただいたんですよ。……それに、その理屈でいくと、兄上も素晴らしい人物ってことになりますけど、それはどうなんですかね」

言ったな、と兄に頭を小突かれ、わたしは笑った。

ああ、本当に楽しい。

第二王子に目をつけられてから、たまりまくった鬱屈《うっくつ》が晴れていく心地がする。

肉は無事、焼けていたようで、ナーシル様が器用に短いナイフで肉を切り分ける。

「ど……、どうぞ」

ナーシル様が遠慮がちに、こんがり焼けたモモ肉を差し出してくれた。

遠慮なく受け取り、かぶりつく。

「おいしい！　……ですわ！　塩だけでなく、香草も使ってますのね！」

わたしの言葉に、ナーシル様がほっとしたように笑顔を見せた。

「良かった。……ええ、これにはシシの森で採れるメノーを使っていて……」

嬉しそうに説明するナーシル様の姿が、一瞬、認識阻害をかけられたようにぶれて見え、わたしは目をパチパチさせた。

「……エリカ様？　どうかなさいましたか？」

「あ、いえ、何でもないです、大丈夫」

心配そうにこちらを見つめるナーシル様に、わたしは慌てて言った。

……一体、なんだろう、さっきの映像は。

一瞬だが、ナーシル様の姿がまるで……。

「おお、これは旨い！」

レオンが大声を上げ、ヒウサギの肉に舌鼓を打った。

「行軍中の食事も、これくらい旨ければなあ」

「あれは当たり外れが激しいからな」

レオンの言葉に、兄がうんうんと頷きながら渡された肉を頬張った。

「ナーシル様は、野外での調理に慣れていらっしゃいますのね」

わたしの言葉に、ナーシル様が苦く笑った。

「そうですね……。いつも戦場にいましたから、自然と慣れてしまいました」

「あ、ああ、そうでしたの。あの、でも、これからは冒険者におなりになるのでしょう？　それなら、その技術は、ナーシル様にとってかけがえのない財産となりますわ」

おいしい料理は大切ですもの！　と言うと、ナーシル様は驚いたようにわたしを見た。

「私の、財産……」

「そうですわ。獲物を狩る技術、調理する技術、すべてがナーシル様の今後のお役に立つことでしょう。どなたかと組んで行動されるとしても、きっとそのお相手も喜ばれますわ」

わたしの言葉に、ナーシル様はぶんぶんと首を横に振った。

「私などと、組んでくださる方はいません」

「まあ、そうですの？」

わたしは首を傾げ、ナーシル様を見つめた。わたしの視線に、ナーシル様が顔を赤くし、そわそわする。ほんとこの人可愛いな、と思いながら、わたしは先ほど頭に浮かんだ考えを思い出していた。

冒険者。ナーシル様は休日に冒険者としてあちこちの森を探索しているという。戦場での経験も豊富で、料理上手。冒険者のパートナーとして、これほど理想的な相手がいるだろうか。

わたしはナーシル様に向き合い、言った。

「それなら、ナーシル様、わたくしと組んでいただけますか？　……わたくし、学園卒業後はナーシル様と一緒に、冒険者になりたいと思います」

は⁉　とナーシル様と兄が、驚愕の表情でわたしを見た。

「楽しそうですな！　俺もぜひ、ご一緒させてください！」

レオンの言葉に、兄が慌てて「おまえは騎士だろ！」とツッコミを入れた。

「騎士だと、冒険者にはなれんのか？」

「なれるわけないだろ！」

「休日だけなら、よろしいんじゃありません？」

わたしが口を出すと、おまえは黙っていろ！　と鬼のような形相で兄が言った。

「万が一にも、レオンが騎士団をやめるようなことになったら、騎士団長に私が殺される！」

兄上、なぜかレオンの保護者と見なされてますもんね。

「じゃ、やっぱりわたくしたち二人だけで冒険者になりましょう！　よろしくお願いしますナーシル様！」

「えっ、え？　は、はい……」

脂で汚れた手をドレスの裾で拭き、ナーシル様に差し出すと、ナーシル様はうろうろと視線をさまよわせてから、そっと手を重ねてくれた。

頬を染め、うつむくナーシル様に、わたしはニヤニヤした。

なに、ちょっとこれ、可愛い。わたしの婚約者、可愛いんですけど！

「おまえら勝手に話をすすめるな！」

兄が怒鳴っているが、気にしない。

フフ、わたしは婚活の勝者。恐れるものなど、何もない！


「エリカ、やったわね！　おめでとう！」

週明け、学園に戻ると、ララがわたしに駆け寄ってきて言った。

第二王子に聞かれるのを恐れてか、声を低めてはいるが、瞳がキラキラと輝いている。

「婚約が決まったんでしょ？　うちの商会に、ルカーチ家から特別注文が入ったわ！」

「ありがとう！　注文って、指輪のこと？」

平民との婚約のため、結納金は出さず絶縁、という形をとる代わりに、婚約指輪などの宝飾品を用意しよう、と両親から言われている。いざという時は、それら宝飾品を売り払って金に換えられる。

わたしは、婚約について両親に報告した時の、父の顔を思い出してニヤニヤした。

フフフ、わたしが平民の神官と婚約したと告げた時の、あの顔！　してやられた、と一瞬、父の顔に走った動揺を、わたしは見逃さなかった。めったに見られぬ父の表情に、これまでの鬱憤《うっぷん》が晴れる思いで、大変満足でございます。

笑顔のわたしに、ララも嬉しそうに言った。

「ええ、私からも、父にお願いしておいたわ。最高の職人に作らせるから、楽しみにしててね！」

ララがわたしと腕を組み、言った。

「ねえねえ、それで、お相手は？　どんな方なの？」

わたしは小さく笑った。

「とても優しい方よ。優しくて、可愛らしいの。神官なんだけど、還俗後は冒険者になりたいって
おっしゃってるわ」

「まあ」

ララは、少し驚いたような表情になった。

「冒険者？　でも、それじゃ……」

「うん、それで、わたしも一緒に冒険者になろうかなって」

「えええ!?」

ララは大声を上げ、慌てて片手で口を覆った。周囲を見回し、ララは声を低めて言った。

「冒険者って……、だって、それじゃ」

「平民と婚約した時点で、貴族じゃなくなる訳だから、わたしも手に職をつけなきゃいけないしね。

で、考えてみたんだけど、冒険者が一番、向いてるかなって」

第二王子との因縁から、宮廷に出仕するのは避けたいところだし、そもそも細かい気遣い必須の
侍女がわたしに務まるとは思えない。豪商の子弟相手の家庭教師か、いっそ国外脱出か、と考えて
いたが、冒険者という選択肢もあるのだと気づいた。

冒険者なら、今まで無駄スキル扱いされていた攻撃魔法や無尽蔵《むじんぞう》の体力を生かすことができる。

単なる趣味で取っていた学科、薬草学の知識も役立つだろう。考えれば考えるほど、わたしの進路
は冒険者一択しかない。

「まあ……」

ララは、半ばあきれたような表情でわたしを見たが、

「……あなたらしいわ」

ララは小さくつぶやき、組んだ腕にぎゅっと力をこめた。

「私には考えられないことだけど……、でも、そうね、確かにあなたなら、冒険者になれるかもしれない。……それにしても、伯爵令嬢が冒険者になるなんて、前代未聞じゃない？」

「建国神話じゃ、冒険者だったリリーナ様が、どっかの貴族令嬢じゃなかったっけ？」

「何百年も前の話でしょ、それは！」

ララは笑い出した。

「まったくあなたってば！　この話が広まったら、大騒ぎになるわよ！」

まあ実際は、平民になってから冒険者になるわけだが、この話が広まれば騒ぎになるだろうなというのはわかる。兄も言っていた通り、貴族にとって冒険者など、無法者と変わらないだろうし。

だが、わたしはちょっとウキウキしていた。自分が冒険者としてどこまで通用するかはわからないが、少なくともわたしにとって、冒険者という選択肢は、暗闇に差し込む一筋の光明《こうみょう》だった。

「いつか、あなたの商会に直接依頼をされるような、すごい冒険者になれるよう頑張るわ！」

ララの実家は、国内のみならず、海の向こうの大陸にも支店を持つ大商会だ。直接指名をもらえるような冒険者はわずかだし、ララの実家のような大商会からの依頼となると、さらにレベルは跳ね上がる。

「エリカなら、きっとなれるわ！」

ララが目を輝かせて言ってくれたが、まあ実際は、借金せずに暮らせる程度の稼ぎが得られれば、それでいいと思っている。目指せ平和な未来。それが一番の目的だ。

ララと腕を組み、きゃっきゃしながら教室に向かっていると、

「……やあ、エリカ」

底冷えするような声が聞こえ、わたしとララは、びくりと立ち止まった。

「……ジグモンド様」

振り返るとそこには、諸悪の根源、ジグモンド第二王子が、小姓を後ろに従えて立っていた。

舌打ちしたい気持ちをこらえ、わたしは素早く頭を下げた。

「ジグモンド様、ご機嫌うるわしゅう。……あー、あの、そろそろ授業が始まりますので……」

だから因縁つけるのやめてください。と言外に訴えてみたが、

「ああ、すまない。ただ一言、君にお祝いを言いたくてね。婚約おめでとう、エリカ」

わたしはうっと息を詰めた。

いったいどこから婚約の情報を得たんだ。ほんとこの王子、怖いんですけど。

「てっきり、口から出まかせを言われたものとばかり思っていたが、本当に婚約をしていたとはね」

「まあ、ほほほ」

わたしは引き攣《つ》り笑いしながらも、はったと王子と向き合った。

「嫌ですわ、ジグモンド様に偽りなど、どうして申しましょうか」

「なら、教えてくれ、エリカ」

ジグモンド王子は、口元を歪《ゆが》め、言った。

「君の婚約相手は、誰なんだい？　もう婚約が決定しているなら、教えてくれてもいいだろう？」

「ほほ、ジグモンド様、困りますわ」

わたしは震える足を踏ん張り、王子を見た。

兄は、王子はルカーチ家へは手出ししないだろう、と言っていた。報復するなら、ナーシル神官だと。

なら、絶対に、ナーシル様のことは教えない。たとえ鞭打たれたって、ひと言だって口にするもんか。

「お相手の事情で、卒業まで公《おおやけ》にはできない、と申し上げたはずですわ」

「……僕が命令しても？」

王子の言葉に、恐怖で心臓が縮み上がった。王族の命令に逆らえば、最悪、反逆罪と見なされる。

「エ、エリカ……」

ララが震えている。わたしはララを背中に隠し、大きく息を吸って言った。

「まあ、ジグモンド様、おかしなことをおっしゃいますのね」

「……なんだと？」

王子が目を細め、わたしを睨んだ。まるでわたしを憎んでいるような表情だ。やな感じ。

「なぜ、ジグモンド様に、わたくしの婚約者についてお教えせねばなりませんの？　国王陛下、もしくは王太子殿下のご命令なら、従いますわ。貴族の婚姻は、陛下もしくは第一王位継承者である王太子殿下のご裁可が必要ですもの。……ですが、第二王子殿下には、わたくしの婚約について、何の権限もございませんわ。違いましたかしら？」

要は、あなたに何の権利があって人の婚約に口突っ込んでんですかあ？　そんな権利ないですよねえ？

……という意見を、精一杯、貴族令嬢っぽくおしとやかに言ってみたのだが。

ジグモンド王子は、青白い顔で黙ってわたしを見つめた。その冷え冷えとした眼差しに、思わずダッシュで逃げ出したくなったが、わたしはナーシル様のことを思い、何とかその場に踏みとどまった。

わたしのせいで、こんなややこしい事情に巻き込んでしまったのだ。

せめて、その身の安全くらいは、わたしが守ってやらねば。

「……そうか。これは失礼した。僕はしょせん、側室腹の第二王子、君の婚約についてどうこう言う権利などなかったね」

ふふふ、と笑うジグモンド王子を、わたしは黙って見つめた。

「君の婚約を、心から祝福するよ。……卒業までの三ヶ月間、楽しい学園生活を送り、何事もなく、無事に、婚約することを祈っている」

「……ありがとうございます、それでは御前を失礼いたします、殿下」

わたしは、恐怖で固まったように動かないララの腕を引っ張り、可能な限りの速さでその場を後にした。

「……ま、待って、ちょっと待って、エリカ！」

廊下の角を曲がり、第二王子の姿が見えなくなってから、ララがあえぐように言った。

「さ、さっきのあれ……、ジグモンド様のお言葉、あれって……」

「うん。脅迫された」

「エリカ！」

ララが悲鳴のような声を上げた。

何事もなく、無事に、婚約できると思っているのか。この僕をコケにして。

ジグモンド様のお言葉は、そういうことだ。わたしは震える手を握りしめた。

「……あの、サディストが」

わたしは低くつぶやいた。

なんだよなんだよ、あのサド野郎。抵抗できない小娃をいたぶる最低男が、今度は、目をつけた女が言いなりにならないからって、脅迫してくるとか、最低オブ最低じゃないか。

「絶対に、第二王子の側室になんか、ならないんだから」

「エリカぁ……」

ララが涙目になって、わたしの腕をぎゅっとつかんだ。

……うん、わたしも泣きたい。

三章 『冒険者登録』

その週の学園生活、わたしはイライラしっぱなしだった。

第二王子は、事あるごとにわたしの婚約を口にしては、わたしが婚約者について教えてくれないことを大げさに嘆いてみせた。

「まあ、僕はしょせん、側室腹の出だからね。エリカに婚約者について教えたくない、と言われてしまえば、無理強いすることなんてできないけど、でも、悲しいな。僕は心から、エリカの幸せを願っているのに」

むろん、誰も言葉通りの意味にはとらえていない。

わたしは、第二王子をコケにした女、あの執念深いジグモンド王子の恨みを買った女として、学園中、つまりは貴族全員に認識されてしまった。

気の毒そうな視線を向けられることはあったが、積極的にわたしに関わろうとする、勇気ある人間は皆無だ（ララだけは別）。まあ、第二王子に目を付けられた一年前の時点から、それは同じだけど。

何もかもが面倒すぎる。いっそ学園を退学してしまいたいが、そうすると、ジグモンド王子の動向を探る手段も限られてくる。ナーシル様の身の安全のためにも、第二王子との接点をすべて切ってしまわないほうがいい。本当は顔も見たくないが。

週末、わたしはさっさと屋敷に戻った。

今日は、シシの森でナーシル様と落ち合う予定だ。

「なんで兄上までいらっしゃるんですか？」

わたしより先に馬車に乗っている兄アドリアンに、わたしは少し呆れて言った。

「いかに婚約者とはいえ、未婚の女性を付き添いもなしに、独身の男性と会わせるわけにはいかんだろう！」

「兄上は、ナーシル様がわたしに、何かよからぬことをするとでも？」

兄は難しい顔つきで言った。

「そうは言っていない。だが、おまえはまだルカーチ家の人間で、私の妹だ。……それに、初心者用の森とはいえ、シシの森にも魔獣は出る。おまえ一人では心配だ」

「一人じゃありませんよ。たぶん、レオン様も来てるんじゃないですか」

「レオンも独身男性だ！」

うん、まあ……、そうだけど。

でも、ナーシル様もレオンも、世間の一般的な独身男性とは、だいぶ隔たった存在のような気がするが。

シシの森に着くと、ちょうどナーシル様とレオンも来たばかりのようで、装備の確認をしていた。

わたしも今日は冒険者っぽく、厚手の綿の長袖シャツ、ズボンに、革のロングブーツ、フード付きマントという格好だ。今日はとりあえず攻撃魔法だけを使用する予定だが、念のため武器としてダガーを二本、用意している。盾などの防具はない。攻撃には攻撃で返すのが私のスタイルである。

兄は、名ばかり在籍している騎士団の制服を着用している。もっと冒険者っぽい格好にしたら、と言ったら「わたしはおまえの付き添いだから、冒険者っぽくする必要はない！」と怒っていた。

「ナーシル様、レオン様も。本日は、宜しくお願いいたします」

わたしは丁寧に頭を下げた。

本日は、ナーシル様に、冒険者としての手ほどきをお願いしているのだ。

子どもの頃のお遊びとは違い、本格的に冒険者として生きていこうとするなら、魔法や武器の使い方、素材の扱い方、野営の仕方など、教えてもらわねばならないことが山ほどある。

ナーシル様は、わたしの冒険者になりたいという希望を、真剣にとらえていいのかどうか、はかりかねているようだ。今日も、わたしの姿を見て「本当に来たのか」と驚いているように見える。

レオンは、いつもと変わらぬ爽やかな笑顔だ。

「おお、アドも来たのか！　もしかして、アドも冒険者になりたいのか？」

「そんなわけないだろ！」

ハハハ、と笑うレオンに兄が噛みついた。

「レオン、おまえ、まさかとは思うが、本気で冒険者になりたいとか考えてるわけじゃないだろうな？」

「うん？」

レオンは首を傾げた。

「冒険者にはなりたいが、騎士をやめねば冒険者にはなれんのだろう？　なら、無理だな。親には、騎士か領主か、どちらかしか認めんと言われている。騎士はともかく、領主はなあ……」

レオンの困ったような様子に、わたしたち三人は、納得の表情になった。

レオンが領主として書類と格闘している姿を想像すると、おかしくも悲しくなる。他人事ならば喜劇だが、バルタ家、領民にとっては悲劇だろう。

「まあ、領主としての仕事は、婚約者殿にやっていただくということで、話はついているのだが……」

レオンが珍しく考え込む様子を見せた。

無能な夫に代わり、妻が領主として采配をふるうのは、さして珍しい話ではないのだが、何か問題でもあったのだろうか。

「どうした。何か問題でもあるのか？」

兄が心配そうにレオンの肩に手をかけた。

なんだかんだ言って、兄はレオンを大切にしている。バカな大型犬を可愛がるのと同じような扱いだが、大切にしているのには違いない。

「うむ。……最近、婚約者殿に、会うのを拒否されてしまってな……」

「えっ⁉」

レオンの言葉に、わたしたち三人が驚愕した。

「レ、レオン、おまえ何をやらかしたんだ。せっかくつかまえた婚約者なのに」

「何もしていない。……いや、その……、したと言えば、した。何度も名前を間違えてしまって……」

ああ、と三人が納得した。

「……レオン様、それは仕方がないのでは」

わたしはそう言ったが、

「仕方ないで済ますな！　覚えろ！」

兄がレオンの肩を揺さぶった。

「たった一人の婚約者だろ⁉　なんで覚えられないんだ！　言ってみろ、ほら！」

兄にがくがく揺さぶられるまま、レオンが苦悩の表情で言った。

「うむ。……ヨハンナだったか……、いや、ジェシカかな……」

ナーシル様が、兄とレオンをハラハラした様子で見守っている。いつものことなのだが、ナーシル様は初めて見るせいか心配そうだ。

そんなに心配することないのにと思い、わたしはナーシル様に言った。

「ナーシル様！　ナーシル様に質問があります！」

わたしの唐突な言葉に、ナーシル様が目をぱちくりさせた。

「え、え？　はい……、何でしょう？」

わたしはナーシル様を見上げ、にっこり笑って言った。

「レオン様の婚約者の名前は、何でしょうか⁉」

「ええ⁉」

珍しくナーシル様が大声を上げた。

「えっ、え？　な、なぜ私にその質問……？」

「いいから考えて！　ヒント、覚えやすい名前です！」

さあ！　と促すと、ナーシル様は目を白黒させながらも、真剣な表情で考え込んだ。

「覚えやすい名前……、レオン様は、先ほどヨハンナ、ジェシカ、というお名前を挙げていらしたから……」

「はい、あと十秒です！　九、八……」

「え、ええっと、あの！　ヨラン！　ヨラン様では⁉」

ナーシル様の言葉に、わたしは、ふむ、と考えてみせた。

「なるほど、ヨハンナに近く、三文字と短い名前……、考えましたね、ナーシル様！」

わたしに褒められ、ナーシル様は照れたように頬を染め、視線をさまよわせた。

「は、いえ……、その、当たっておりますでしょうか」

わたしはナーシル様に微笑みかけ、言った。

「残念！　ハズレー！　正解は、ゲルトルード様でーす！」

そんな！　とショックを受けるナーシル様に、兄とレオンが気の毒そうな表情になった。

「……エリカおまえ、レオンの婚約者の名前で遊ぶんじゃない」

「そうですリリー殿。だいたい、その名は、ちっとも覚えやすくなどない！」

わたしはレオンに向き直った。

「でもゲルトルードって、わたくしたちの世代で一番人気の名前じゃないですか。学園にだって、一クラスに一人は必ず、ゲルトルード嬢がいらっしゃいますよ」

まあそうだな、と兄が頷いた。人気の名前だけあって、ファーストネームではまぎらわしいのでミドルネームや愛称で呼ばれることも多いのだが。

「レオン様、いっそのこと愛称でお呼びになってはいかがでしょう？　婚約者ですし、親しみをもって呼ばせてほしい、と言えば許していただけるのでは」

「愛称……」

それだ！　とレオンにアド呼びをされている兄が、レオンより乗り気な様子で言った。

「レオン、たしかゲルトルード嬢のミドルネームは、ルシアンだったな？　ルシー……、いや、ルウならばどうだ？　二文字だ、いけるだろう？」

ルウ、ルウか……と、確認するように何度もレオンが口にする。

どうでもいいけど兄上、レオンの婚約者のミドルネームまでご存じなんですね……、さすが保護者。

「よし、覚えた！　これならば、次から間違えずに呼べる！」

胸を張るレオンに、わたしたちはほっと胸を撫で下ろした。特に兄の安心感がすごい。苦労しているんですね、兄上……。わたしとナーシル様は兄に哀れみの眼差しを向けた。

レオンはにこにこして言った。

「心配をかけたようで申し訳ない！　婚約者殿には、愛称で呼ぶことを許していただこうと思う！」

「それがよろしいかと思いますわ！」

「レオン様とゲルトルード嬢が上手くいかれるよう、全力でお祈りいたします！」

「ゲルトルード嬢には、まず誠心誠意謝るんだぞ！　花束も持っていけ！　忘れるなよ！」

わたしたちに激励され（兄は若干、保護者目線が入っているが）、レオンは嬉しそうだった。

うん、良かった。

しかし、あの能天気の見本のようなレオンにさえ、悩みがあったとは。

わたしは少し、衝撃を受けていた。

当たり前だけど、みんな色々、苦労してるんだなあ……。


「エリカ様は、たいへん魔力量がおありなのですね。それならば、群れで襲いかかってくる小型魔獣などにも、対応可能な魔法が使えると思います」

優しいナーシル先生が、丁寧に説明してくれる。幸せ。

「わたくし、風と火と氷の攻撃魔法が使えます！　魔獣の属性がわからない時は、どの魔法を使用すべきでしょうか？」

草原を歩きながら、わたしはナーシル様を見上げた。

兄は一応、気をつかってくれているのか、少し離れた右手前方向を、レオンと一緒に歩いている。

ナーシル様は、考えながら言った。

「そうですね……、比較的、属性の影響を受けづらいのは、風魔法でしょうか。しかし、火魔法のほうが威力は高い。火属性の魔獣は、毛皮など見た目が赤いものが多いので、それ以外の魔獣の場合は、火魔法を使用するのが無難でしょう」

ナーシル様は、見本をみせるように目の前に小さな水球を無数に生み出し、それらを鳥の群れのように自在に動かしてみせた。

「私は火魔法が使えないので、水になってしまいますが、このように点を生み出し、それを塊として動かすのです。慣れてくれれば、このように……」

ナーシル様は、中央の小さな水球に別の魔法を乗せた。

「こうして印をつけたものを目当ての魔獣に当て、他の水球を誘導するのです。そうすれば、こちらで操作しなくとも、勝手に魔法が獲物に当たります」

ナーシル様は、印をつけた水球を、少し離れた場所を飛んでいた鳥へとぶつけた。

すると、他の水球も吸い寄せらせるようにその鳥を追いかける。水球はパチパチと音をたてて鳥に当たり、すぐに鳥を地面に落とした。

「わー、すごい！」

「……このように、自動的に追撃してくれるので、魔法を自分で制御せずとも済みます。複数の魔獣を倒す場合に使用すると、便利ですよ」

先生すごーい！　と褒めたたえると、ナーシル様はくすぐったそうな表情で、ほんのり頬を染めた。

いや、でもほんとすごい。役に立つ。

学園での授業（女子用）は実践に即してないから、こういう現実的な戦い方を教えてくれるの、ほんと助かる。

まあ学園も、まさか貴族令嬢が冒険者になるとは思ってないだろうから、現実的な戦闘魔法より、見栄え重視の曲芸魔法に力を入れててもしょうがないんだけど。

「その、……エリカ様は、本気で冒険者になるおつもりなのですか？」

地面に落ちた鳥を拾い上げ、ナーシル様が言った。落ちたのはテハという小鳥で、串焼きなどがよく広場で売られている。

数がなければギルドでは買い取ってもらえないらしいので、これは昼食にすればいいだろう。

「ええ、そのつもりです。というか、それしか選択肢がないのです」

「……そんなことはないと思いますが」

ナーシル様は、手の中の鳥を見ながら、呟くように言った。

「あなたは私とは違う。……美しく、高貴な家柄の出で、魔力もあり、才知にあふれていらっしゃる。私のような卑しく醜い者にも親切にしてくださる、お優しい心をお持ちです。あなたを望まぬ者など、どこにもおらぬでしょう」

望まない者だらけだから、この一年、苦労したんですが。ていうか、ナーシル様てば。

「ナーシル様は、わたくしを美しいと思って下さるのですね」

わたしの言葉に、ナーシル様は足をもつれさせて転びそうになった。

「ナーシル様、大丈夫ですか？」

「……だ、だいじょうぶです……」

わたしの視線を避けるように横を向いているが、ナーシル様、首まで赤くなってる。可愛い。

「そのように褒めていただいて、光栄ですわ」

いや、ほんとに。第二王子の嫌がらせにささくれだった心が、癒されていくのを感じる。

「……わたし、ナーシル様のようにお優しい方が婚約者で、本当に、とっても幸せです」

そう言うと、ナーシル様は驚いたようにわたしを見た。

真っ赤な顔でわたしを見つめていたが、やがてナーシル様はうつむき、言った。

「……私には、そのようなお言葉をかけていただく価値などありません」

「ナーシル様？」

「すみません……」

巨体を縮めるようにして謝るナーシル様を、わたしはじっと見つめた。

うーん。まあ、ナーシル様にも色々あるんだろうけど。でも、そんな悲しそうな顔をされると、こっちも辛くなる。

第二王子のように、無抵抗の相手を意識不明になるまで鞭打った過去があるとかなら別だけど、ナーシル様はそんな事しないと思うんだけどなあ……。


その後の狩りで、テハを二羽、ヒウサギ一羽、クロトカゲ三匹を昼前に仕留めることができた。

わたしが関わったと言えるのはテハ一羽とクロトカゲ二匹だ。

冒険者初日としては、中々の出来ではなかろうか。

「エリカ様は、魔獣を察知される能力が非常に高いですね。その場に必要な魔法を瞬時に理解し、使用することがお出来になる。素晴らしい才能です」

ナーシル先生の手放しの賞賛に、わたしはエヘエヘと喜びまくった。

「わたくし、冒険者に向いているでしょうか」

わたしの言葉に、何故かレオンが力強く頷いて言った。

「ああ、リリー殿は冒険者に向いている。きっと大成されるだろう」

兄が驚いたようにレオンを見た。

「え、レオン、ほんとにそう思うか？」

「ああ」

レオンが頷く。

兄は複雑そうな表情でわたしを見た。

「まあ……、たしかに、宮廷に出仕するよりは、冒険者のほうが向いているかもしれんが……」

「アドリアン様、エリカ様は伯爵家のご令嬢です。ご両親も、まさか本気で冒険者にさせようなどとは思われますまい」

ナーシル様の言葉に、わたしは肩をすくめた。兄も言葉に詰まっている。

「……ナーシル様、両親は、わたくしの選択に異を唱えたりしませんわ。ルカーチ家は、廷臣として王に仕える一族ではありませんから。過去、宮廷に所属せぬ魔術師や、海を渡った冒険者を輩出したこともあります。さすがに女の身では、初めてでしょうけれど」

現在の王朝が興《おこ》る以前から、ルカーチ家は己の領地を守り、そこを治めてきた。王家に忠誠を誓ってはいるが、それは領主として、王家と契約を結ぶのに近い。廷臣として王家に命を捧げるのとは、訳が違うのだ。

貴族としては珍しいが、似たような家は他にもある。

ララの実家、ベレーニ家がその好例だ。ベレーニ家は領地を持たないが、その代わり、商人として巨大な人脈を作り上げた。国内のみならず、海の向こうの大陸まで主要な物流網を構築した。そのため、ベレーニ家も王家に対する態度は、取引相手のそれだ。

廷臣として主を戴いているのではない。それぞれに利点があるからこそ契約を結び、それに従って忠誠を尽くしているだけである。王家との間に問題が生じれば、契約を解除することも可能だ。

そうした貴族は、王家とはつかず離れずの距離を保っている。時に娘を側室として王家に差し出すこともあるが、それはあくまで家門にとって旨みがある場合に限られている。王家の命じるがまま、這いつくばって言いなりになるのではない。

両親がわたしにある程度の自由を許したのも、そのためだ。

第二王子の能力と血筋を評価しながらも、品性の下劣さや人望のなさを秤《はかり》にかけ、わたしが婚約者探しに動くのを許した。

第二王子の妨害を撥《は》ねのけ、自力で婚約者を見つけるほどの才覚がわたしにあるなら、それを認め、できないのなら第二王子に嫁がせて王家に恩を売る。ルカーチ家にとっては、どちらに転んでも損のない取引だ。

ただそうは言っても、最終的にはわたしも諦め、第二王子に嫁ぐだろう、と父は考えていたようだ。わたしがナーシル様との婚約を報告すると、珍しく驚いた表情をしていたし。

どちらかと言うと、母のほうが冷静だった。「よく頑張りましたね、エリカ」といつも通りおっとり微笑みながら、わたしを抱きしめてくれたのだ。

「両親は、わたくしがナーシル様を婚約者としたことを、評価してくれていますのよ。学園卒業後、冒険者となることも伝えました。両親は、大っぴらに手助けできない代わりに、経済的に苦しくなった時のためにと、宝飾品を用意してくれました。わたくしに投資してくれたのですわ」

わたしの話に、ナーシル様は驚いたような表情になった。

彼の考える、典型的な貴族とはまったく違う在《あ》りように戸惑っているのだろう。だが、ルカーチ家は常に実利を重んじる。父も母も、第二王子の側室としてではなく、冒険者としてのわたしに、何らかの価値を見出してくれたのだ。

わたしはナーシル様に、にっこりと微笑みかけた。これがわたしの本心だと伝わるように、ちょっと淑女らしくない砕けた口調で言う。

「ナーシル様、わたしはナーシル様の婚約者になれて、本当にラッキーだったと思っています。優しい殿方と婚約できましたし、貴族女性としての面倒くさいしがらみからも解放されたんですもん」

貴族女性は走ってはいけない、攻撃魔法を使ってはいけない、あれをするなこれもダメ、という制約だらけの生活には、いい加減うんざりしていた。

それが生涯続くのかと、半ば絶望していたところに、冒険者という考えもしなかった未来が開けたのだ。代償は、どこかで野垂れ死にするかもしれないというリスクだが、それも第二王子の玩具として鞭打たれる毎日を思えば、喜んで受け入れられる。

たしかに最初は、第二王子から逃げるためだけの婚約だった。正直、相手は誰でもいいと思っていた。その場しのぎの、解消前提での婚約だからだ。

でも、今は違う。

ナーシル様がどう思っているのか、いまいち良くわからないが、少なくともわたしは、ナーシル様と婚約できて、本当に良かったと思っている。

これからもナーシル様と一緒にいたい。冒険者としてチームを組むだけでなく、できれば結婚を前提とした、本当の婚約者になってほしい。

「ナーシル様」

わたしがじっと見つめ、名前を呼ぶと、ナーシル様はびくりと肩を揺らした。

「は、……はい」

震える声で答えるナーシル様。

いつも思うのだが、ナーシル様は、何故かわたしを恐れているような気がする。なんでだ。

「わたしは学園卒業後、婚約を解消せず、ナーシル様とともに冒険者として生きてゆきたいと思っております。もしナーシル様がそれを望まれないのなら、そうおっしゃって下さい。無理強いはしませんわ。自分を嫌う方と無理に一緒にいても、辛いだけでしょうし」

「そんな」

ナーシル様は、慌てたように言った。

「嫌うなど、そんな、まさか」

「ナーシル様」

わたしがナーシル様に近寄り、その手を取ると、ナーシル様は真っ赤になった。

「わたしがナーシル様のお側にいても、かまいませんか？　お嫌ではありませんか？」

「嫌などと……、そんな、そんなことはありません。あり得ない」

ふるふると、必死に首を振るナーシル様。

なんでこんなにわたしの婚約者は可愛いのか。見た目はよく肥えた白豚さんなのに、なぜこうもきゅんきゅんさせてくれるのか。どうしてくれよう。

「ナーシル様……」

「エリカ様……」

手をとりあい、見つめ合うわたしたちに、能天気にレオンが声をかけた。

「テハとヒウサギを昼食用に解体したいんだが、手伝ってもらえるだろうか？」

レオンの言葉に、ナーシル様が我に返ったようにパッと手を放すと、真っ赤な顔のまま、すすすと後ろに下がってしまった。

おのれレオン。

この甘酸っぱい空気を、よくもブチ壊してくれたな。お見合いの功労者でなければ、おまえを解体してるところだ！


わたしは、自分の狩った獲物であるテハ一羽を捌《さば》き、クロトカゲ二匹の皮を剥《は》いだ後、血などの汚れを丁寧に洗い流した。水はナーシル様が魔法でいくらでも出してくれるから、川まで移動する必要はない。わたしの婚約者って何から何までステキ。

テハは数がないので、捌いたらそのまま焼いて食べるだけだし、クロトカゲは皮が硬いから、それほど気をつかわずとも皮を傷つける恐れはない。問題は、ヒウサギだ。

レオンは、柔らかいヒウサギの皮を傷つけずに剥ぐのが苦手なようで、ナーシル様に頭を下げて処理を頼んでいた。ナーシル様はとても器用に、ヒウサギの毛皮に穴ひとつ開けることなく、手際よく処理をしていった。わたしの婚約者って本当に（以下略）。

「これは帰りにギルドへ寄って、買い取ってもらいます。……あの、もしよろしければ、その……、エリカ様もご一緒されますか？」

「行きます！」

即答するわたしに、兄が渋い表情になった。

ギルドとは、薬草の採取から個人傭兵《ようへい》の依頼、迷宮の探窟まで、幅広い仕事を請け負い、冒険者に発注する組織だ。全国に散らばる有象無象《うぞうむぞう》の冒険者を管理し、取りまとめているため、規模も大きく、国家がギルドに任務を依頼することもある。

ただ規模が大きい分、冒険者の質もピンキリで、貴族からすればギルドなど、無法者のたまり場のように見なされている節《ふし》もある。兄が良い顔をしないのも、ある意味、当然ではあるが、わたしは近い将来、冒険者になるのだ。いちいちギルドにビクついていたら何もできない。

それに何より、婚約者様が誘ってくださっているのだ。断るという選択肢はない！

わたしは気づかぬふりで、

「それではわたしはナーシル様とともにギルドへ寄ってから帰りますので、兄上はレオン様と一緒に帰っていただけます？」

「ふざけるな！　私もレオンと一緒に行く！」

「え、俺もか？」

なんで？　と不思議そうな表情のレオンに、兄が噛みつくように言った。

「つべこべ言うな！　いいからついてこい！」

「兄上、意外に横暴ですね」

わたしは、ニヤニヤしながら言った。兄との仲は良好だが、からかう隙があるならすかさずからかうのが、兄妹というものである。

「そんなセリフ、ユディト義姉上に聞かれたら、嫌われてしまいますよ」

「そ……っ」

兄は慌ててわたしを見たが、からかわれているのに気づいてため息をついた。

「まったく、おまえは……」

絶好調のわたしに、怖いものなどない。

フフフ、へへへとニヤけるわたしを、ナーシル様が微笑ましい眼差しで見つめていた。


王都の冒険者ギルドは、三階建てのかなり大きな建物だった。

「ギルドって、儲《もう》かるんですねえ」

わたしは感心して言ったが、ナーシル様は小さく首を横に振った。

「いえ、王都は別格です。地方へ行くと、小さな部屋を一つ、間借りしているようなギルド支部もありますし」

そうか、地域格差はどんな組織にもあるんだなー。

毛皮の買い取りを待つ間、わたしはふと思いついて言った。

「せっかくですし、わたし、冒険者登録をいたしますわ」

エッ、とナーシル様と兄が、驚愕の表情でわたしを見た。レオンは呑気《のんき》に「そうだな、リリー殿は貴族令嬢でいるより、冒険者のほうが向いている。早いほうがいいだろう」とにこにこ笑っている。淑女の仮面が剥がれかけていることを指摘されたような気もするが、まあいい。実際、口調がだんだんと砕けてきている自覚もあるし。

しかしナーシル様と兄はレオンと意見が異なるようで、目を白黒させていた。

「え……、え、しかし、ええ……？」

「待てエリカ、行動が早すぎだ。おまえはまだ、学園を卒業してもいないのに」

わたしは肩をすくめた。

「別に、学園に在籍中は、冒険者に登録できないなんて規定はありませんよ」

「そもそもそんな事しようなんて奴はいないからだ！」

兄が怒って言ったが、わたしは無視してナーシル様に向き直った。

「ナーシル様、婚約者として保証人になって下さいます？」

「ちょっと待てエリカ！」

兄はわたしの肩をつかみ、焦ったように言った。

「わかった、仕方ない。……ならば、私がおまえの保証人になろう。ルカーチ家の次期当主であり、おまえの兄でもある。保証人として、私以上の適役はいないだろう」

んー、まあ、どっちでもいいけど。冒険者になれるなら。

わたしはギルドの受付に、兄を保証人として冒険者登録をしたい旨を伝えた。

受付係の中年男性が、伯爵令嬢が冒険者登録⁉　と驚愕の眼差しでわたしを見たが、にっこり笑い返すと、慌てた様子で引き出しから紙を一枚、取り出した。

「あの、こちらに必要事項を記入し、保証人の方のサインをいただいて下さい。受付に提出していただきましたら、書類を精査いたします。登録が認定されましたら、ギルドカードの発行となります。登録料およびカード発行代金は、その時にいただきます」

ギルドの発行するカードとは、冒険者認定証のようなものだ。これがなければ、冒険者としてギルドから仕事を受注することはできない。その他にも金銭の一時預かりなどの機能もあり、冒険者にとっては必須アイテムといえる。

ギルドカード発行にかかる日数はだいたい一週間くらい、登録料込みで、料金は銀貨三枚だという。

銀貨三枚か……。ララとよく行くカフェ、三回分くらいの金額だが、わたしはお金を持っていない。一週間後までに、何とかして銀貨三枚を稼がないといけないわけか。

わたしは改めて、自分の現在の立ち位置について、考えさせられた。

ルカーチ伯爵家の令嬢として、王都のどのカフェで何を食べても、代金を請求されることはない。店側は、請求書をそのまま伯爵家へ回すからだ。

その代わり、わたしは何も持っていない。

見事な象眼《ぞうがん》のブローチも、金糸の刺繍がほどこされた豪華なガウンも、ルカーチ家の娘としてふさわしい装いをさせられているだけで、どんな高級品を身に着けていようと、それはわたし自身のものではない。それはルカーチ家の財産なのだ。父と兄には、自分で動かせる資産があるが、わたしにはそうしたものは一切ない。

通常、結婚の際に持参金として資産を分け与えられるが、わたしは婚約成立の時点で実家から絶縁されるため、そうした資産ももらえない。

それは承知の上だが、そもそも冒険者になるためにも、お金が必要なのだ。

そして、冒険者になった後は、武器や防具を購入しなければならない。野営のための様々な道具も必要だろう。何はさておき、先立つものがなければお話にならない。

貴族でなくなった瞬間、わたしはルカーチ伯爵家の恩恵を失うわけだから、それまでにある程度、元手となる資金を稼いでおく必要がある。最初から、両親の用意してくれた宝飾品に手をつけるようでは、冒険者として早々に行き詰まるだろう。

考え込んでいると、毛皮の買い取りが終わったようで、ナーシル様とレオンが係の女性からお金を受け取っていた。

そういえば、ヒウサギとクロトカゲの毛皮の査定をしてもらってたんだっけ。いくらくらいになったんだろう。

「エリカ様、どうぞ」

受付に戻ってくると、ナーシル様がごく自然な様子でわたしにお金を差し出した。

「えっ？」

差し出された手の平に、銀貨一枚と銅貨が数枚、載せられていた。

「クロトカゲ二匹分の皮の代金です」

わたしはナーシル様と、彼の手の平に載せられたお金を交互に見た。そして、やっと理解した。

そうか！

狩りで仕留めた獲物は、ギルドに持ち込めば買い取ってもらえる。それはつまり、お金を稼げるということだ。

知識としては理解していたつもりだが、自分にもそれができるということが、頭からすっぽ抜けていた。

「ありがとうございます！」

わたしはナーシル様からお金を受け取り、嬉しさに飛び上がった。

やった！

なんだろう、すごく嬉しい。

これ、わたしのお金なんだ。わたしが、自分で稼いだお金なんだ。

クロトカゲ二匹でだいたい銀貨一枚とすると、あと四匹狩れば、ギルドカード分のお金を稼ぐことができる。

次は、クロトカゲ以外の獲物も探してみよう。自力でどれだけ稼ぐことができるのか、試してみよう。

ウキウキの私を、兄が不思議そうな顔で見ている。

銀貨一枚で、なんでそんなに喜んでるんだろう、と思っているのが丸わかりだ。

道端に銀貨が落ちてても、きっと兄は拾いもしないんだろーなーと思い、わたしは少し笑ってしまった。

ちなみにヒウサギの毛皮は、銀貨三枚で買い取ってもらえたそうだ。レオンが対価を受け取っていた。

レオン……。なんか、色んな意味で負けてる気がして、ちょっと悔しい……。


今日もエリカ様とお会いできた。

先週お会いしたばかりなのに、また今週もお会いできるなんて、夢のようだ。本当に夢だったらどうしようと心配していたが、朝早くレオン様が迎えにいらしたので、現実なのだと実感できた。

レオン様は、「今度はもっと遠くの森へ行きたい」とおっしゃるが、エリカ様はどうだろうか。

エリカ様は、冒険者になりたいと仰せだったが、あれは社交辞令か、それとも冗談なのか？

まさか本気ではあるまいとは思うものの、もしエリカ様が冒険者になられたら、どんなに嬉しいだろうと思ってしまう。

エリカ様は魔力量も豊富で、身のこなしも優雅で素早い。何より、魔獣に対する反応が早く、対処も適切だ。そうした対応を瞬時にこなす能力は、教わって上達するというより、ほとんどセンスの問題なので、エリカ様はそういった意味でも冒険者の適性がある。

レオン様の言う通り、本気なら凄腕の冒険者となられるだろう。

いやいや、まさか。ルカーチ家の姫君が、本気で冒険者になど、なるわけがない。そんな冗談を真に受けては、いかに世間知らずの神官とはいえ、物の道理もわきまえぬ愚か者よと、笑いものにされるだろう、……とぐるぐる考え込んでいたら、なんとエリカ様は、本当に冒険者登録をしてしまった。

なんという行動力。

もし万が一、冒険者になるのだとしても、学園を卒業されてからだと思っていた。

アドリアン様も、エリカ様の行動の早さと思い切りの良さに目を回していたが、それでも冒険者登録の際の保証人になっていた。仲の良い兄妹だと思う。

しかし、まさかと思ったが、エリカ様は、本気だったのか。いや、エリカ様が嘘をつくような方だとは思わないが、それにしても。

私は、ドキドキとうるさい心臓を押さえ、神殿内にある自室の、粗末な寝台に座り込んだ。

どうしよう。

エリカ様が冒険者になったら、学園卒業後、一緒に……、いや、そんなはずはない！　あり得ない！　何を考えているんだ私は！

でもエリカ様は、私に「ナーシル様とともに、冒険者として生きてゆきたい」とおっしゃって下さった。それまでは婚約解消を前提としていたからだろうか、どこか薄い壁のようなものをエリカ様に感じていたのだが、私とともに生きてゆきたい、とおっしゃって下さった時は、エリカ様の本心に触れたような気がした。普段「わたくし」とおっしゃる時は、どこか取り繕っているような印象があるが、「わたし」とおっしゃる時は、飾らない本当の気持ちを伝えて下さっているように思う。

あの時エリカ様は、傍にいてもかまわないか、嫌ではないか、と私の意思を確認して下さったのだ。嫌なんてそんな……。ああ、もし本当にエリカ様と一緒にいられるならどんなに……、いや本当のはずはない！　本当であっても、そんなことは許されない！

私は寝台に突っ伏した。

走ったわけでもないのに、息が苦しい。胸が痛い。

どちらにせよ、エリカ様は本当の私を知らない。何もかも偽物の私しか知らない。

どこかですれ違っても、エリカ様は、私に気づくことはない。当然だ。私は自分自身を偽っているのだから。

自業自得なのに、死にたいほど辛い。どうして私はこうなってしまったのだろう。

私がエリカ様を騙《だま》し、利用するつもりで近づいたのだとわかれば、エリカ様は怒るだろう。たぶん、いや間違いなく嫌われる。軽蔑されるかもしれない。

それくらいなら、いっそ逃げてしまいたいが、そうすると、エリカ様とはもう会えなくなってしまう。そんなの耐えられない。

どうしよう。どうすればいいのだ。

私は目を閉じ、歯を食いしばった。

こんな時でさえ、神に祈る気にはなれない。母と、前の神官長が亡くなってから、私は信仰の対象さえ失っていた。

何もかもすべて失ったと思っていたのに、この上、さらに失うものがあったとは。

いや違う。失うわけではない。存在しないただの虚像が、何を失うことがあるだろう。

だって私は、エリカ様に嘘をついている。

エリカ様が笑いかけ、一緒に冒険者として生きてゆきたいと願った人間は、初めから、どこにも存在しないのだから。


楽しい週末の後は、憂鬱な学園生活が待っていた。

できれば視界に入れたくないジグモンド第二王子が、「週末は会えなくて寂しかったよ」とにこやかに近寄ってきたが、周囲の空気はピリピリしている。

国王が夏の巡幸から王都へ戻ってこられたためだ。

わたしたちと同学年に在籍する第一王女も、国王および王太子と巡幸先で夏を過ごされ、今週、学園に戻られた。ジグモンド様は国王および王太子に嫌われているため、巡幸にお声がかからなかったのだ。ざまみろなんて、決して思っていない。

「エリカは、楽しい週末を過ごしたようだね。僕も嬉しいよ」

ジグモンド様がにこやかに言う。

わたしはため息をつくのをこらえ、微笑み返した。

第二王子（その背後に小姓）、わたしという潤いのない組み合わせで、昼食をいただいている。

ララは実家の所用で明日、学園に戻ってくる予定だ。

あー、せっかくの昼食がマズくなる。学園の食堂はそこらのレストランよりも美味しいと評判だが、一緒に食事をする人間がアレだと、どんなに素晴らしい料理でも砂の味になるんだな。

「週末は、婚約者殿と一緒に過ごしたのかな？」

「……ええ、そうですね。兄も一緒でした」

微妙に話をそらしてみる。

そう、兄も一緒だったんですよ。ルカーチ家次期当主であるアドリアン・ルカーチは、妹の婚約を容認してるんですよ。婚約についてなんか仕掛けてきたら、兄が面目つぶされたって怒るかもしれませんね。……と、言外に匂わせてみると、

「……へえ。君の兄上が」

第二王子が考え込んだ。

「一度、君の兄上と話したことがあるよ」

うつむき加減に、第二王子は静かに言った。

「顔を見て、驚いた。君と瓜二つで、違いと言えば目の色くらいだったから」

うん、よく言われます。

「だが彼は、やはり君とは違うね。彼は領主の仕事に専念するということで、宮廷には代理の者を伺候《しこう》させるということだったが、彼ならば宮廷でも十分出世できただろう」

それはつまり、兄と違っておまえに宮廷の仕事はつとまらないって言いたいんでしょうか。まあ、当たってるけど。

「彼は、まさに貴族らしい貴族、ルカーチ家の次期当主たるにふさわしい人物だった。面白くもなんともない」

ジグモンド王子は、冷え冷えとした笑みをたたえ、わたしを見た。

「君は、他の誰とも違う。やはり僕は、エリカ、君でなくては駄目なんだと思い知らされたよ。いくら見た目が同じでも、魂が違えば意味がない」

「……何度も申し上げますが、わたくしなど何の取柄もない、平凡な人間ですわ」

苦々しく告げるわたしに、ジグモンド王子がくくっと低く笑った。

「君はわかっていない。君のような女性が、いったいどこにいると言うんだ？　……今日は姿を見かけないが、君にはいつも、あのベレーニ家の令嬢がべったり張りついているじゃないか。あの家の者は、めったに特定の貴族に肩入れなどしない。王族相手であっても、つかず離れずの姿勢を崩さぬ商魂逞《たくま》しい奴らだ。それが、あの令嬢は君にはまるで小姓のようにまめまめしく仕えているじゃないか」

「彼女はわたくしの友人です」

王子の言いように腹を立て、わたしは不敬ギリギリの不愛想さで答えた。

ララはわたしの大切な友人だ。小姓だの仕えているだの、お門違いも甚だしい。

「彼女もわたくしも、ただ気が合って一緒にいるだけです。殿下のおっしゃるような主従関係などではございませんわ」

「そう怒らないでくれ。僕は褒めているんだよ、君のその人を虜にする魅力を」

わたしの怒りを感じ取ったのか、ジグモンド王子は顔に喜色を浮かべた。ほんとこの人、サイテーだな！

「ベレーニ家は、娘が学園へ入学する際に、彼女がベレーニ家の後継者であることをわざと公表しなかった。そのせいで、ベレーニ家の令嬢は、いずれ他家に嫁がされる単なる駒と見なされた。ベレーニ家は、領地も歴史もないが、財力だけは王家をもしのぐ新興貴族だ。気位の高い貴族にとっては癇《かん》に障《さわ》る存在だろう。その次期当主ならともかく、力を持たぬただの娘など、苛《いじ》めの格好の標的でしかない。はたしてベレーニ家の令嬢は、学園入学早々、嫌がらせを受けた。……君も知っているだろう、エリカ？」

わたしは黙って頷いた。確かに王子の言う通り、ララを初めて見た時、彼女は高位貴族のご令嬢に取り囲まれ、商人風情がどうのこうのと心ない言葉を浴びせられていた。

「そこに通りかかった君が、まるで騎士のように颯爽《さっそう》と彼女を救い出したわけだ。……ベレーニ家は、我々をふるいにかけたのさ。ある意味、罠のようなものだが、君は見事にそれをすり抜け、彼らの忠誠を勝ち取った。……どう、これでもまだ、自分は平凡な人間だって言い張るつもりかい？」

「……殿下は、ベレーニ家の内情に大変お詳しいのですね」

わたしの言葉に、ジグモンド王子は、薄く笑った。

「僕は王子と言っても、側室腹の出だからね。商人との付き合いもあるのさ。意外かい？」

わたしは黙って王子を見返した。

父は、ジグモンド王子のことを「能力がなくはない」と言っていた。それは、ベレーニ家との繋がりを指していたのだろうか？　しかし、王子がベレーニ商会と懇意にしているという噂は聞いたことがない。ララもあからさまに王子を毛嫌いし、恐れている。

わたしが考え込んでいると、

「まあ、ジグモンド、ここにいたの？　私の教室にいらっしゃいと言付けたはずでしょう」

やわらかい声が背後からかけられ、わたしは反射的に椅子から立ち上がった。

あの第二王子の名を呼び捨てにできる人物など、この学園に一人しかいない。

「殿下」

「姉上、わざわざこのような所に足をお運びいただくとは」

わたしと第二王子は、膝を折り、この国の第一王女、ローザ・コバス殿下に頭を下げた。

「ああ、いいのよ、そのように堅苦しい挨拶は抜きでいいわ。昼食の途中なのでしょう？　座って、食事を続けてちょうだい」

そういうと王女様は、あろうことかわたしの隣に腰を下ろした。

「どうぞ、お座りになって。あなたは確か……」

「エリカ・ルカーチと申します。殿下におかれましては、ご機嫌うるわしゅう」

「ああ、そうね、ルカーチ家の。あなたには、弟が迷惑をかけていると聞いているわ。姉として謝らなければと思っていたの」

王女の思いもよらぬ言葉に、わたしは硬直した。ジグモンド王子も虚をつかれたようで、黙ってローザ様を見ている。

「お……、恐れ多いお言葉です……」

それ以外に言いようがない。

なんだなんだ。どういう意図での発言なんだ。

ローザ様とジグモンド様が、特別親しいという話は聞いたこともない。むしろ、ローザ様は実の兄である王太子殿下とことのほか仲が良く、それもあって今回の巡幸に同行を許されたと聞いている。

と、いう事は、これはジグモンド様を遠回しに非難しているとみていいのだろうか。

いいや、まだ決めつけるわけにはいかない。当たり障りなく、無難にやり過ごすのが一番だろう。

と思った矢先、

「エリカ様は、バルタ家のレオン様と婚約されたのかしら？」

ローザ様のお言葉に、わたしは目を丸くした。

え、なんですかそれは。

何故そんなデマが、よりにもよって王女様のお耳に届いたんだ。

そして、わたしの目の前の席で、うっすら笑みを浮かべる第二王子。怖い。

こ、このデマ情報、どう処理すべき？　即、否定したら、じゃあ本当の相手は誰？　ってなるよね。

第二王子相手なら、人の婚約に口出さないでよ、と突っぱねることも可能だが、第一王女となると、また話は別だ。

第一王女ローザ様は、王太子殿下と同じく正妃の血筋であり、正当な王位継承者だ。その権力は第二王子とは比べものにならない。わたしの対応次第で、ルカーチ家に迷惑がかかる事態にもなりかねないのだ。

わたしは腹をくくった。

「まあ、バルタ家のレオン様ですか？　レオン様は、兄と仲が宜しいので、そのような噂が流れたのかもしれませんわね。でも、レオン様にはれっきとした婚約者がいらっしゃいますのよ。わたくしも、レオン様から婚約者について、惚気《のろけ》を聞かされましたわ」

これで、わたしの婚約からレオンの婚約へと話題が移ってくれないかなー、と期待したのだが、

「あら、それならエリカ様の婚約者は、どなたになりますの？」

ローザ様のお言葉に、食堂中が静まり返った。

わたしが、第二王子の追及にも、頑として婚約者の名を明かさなかったのは、学園中の生徒が知るところだ。ここで婚約者の名を明かすのか、それとも第一王女ローザ様直々のご質問をさえ、拒否するのか。

食堂にいる生徒たちの視線を痛いほど感じながら、わたしは覚悟を決めてローザ様を見つめ返し

た。

「わたくしの婚約者についてですが」

わたしは言いかけ、第二王子ジグモンド様に、にっこりと微笑みかけた。

第二王子が、驚いたようにわたしを見返した。

「ローザ様、実はわたくしの婚約者につきましては、こちらの第二王子、ジグモンド様からもご質問いただいておりますの。……でもわたくし、ずっとその方のお名前を秘密にしていたのですわ」

「まあ、何故？」

わたしの言葉に、ローザ様が興味を惹かれたようにかすかに身を乗り出した。

わたしはしおらしく見えるよう、うつむいて言った。

「実はその方とわたくし、身分が違いすぎて……、婚約が成立しましたら、わたくし、実家から絶縁されますの」

「まあ」

ローザ様が驚いたような声を上げた。同時に、抑えきれない興味の色も見てとれる。

そうでしょうとも。

王族として、何かにつけてぎっちぎちに厳しく行動を制限されている王女様にとって、身分違いの恋など、おとぎ話の中にしか存在しない夢物語でしょうからね。

わたしはさらに言った。

「ですから、わたくしが卒業して婚約が成立するまで、その方の素性は伏せておきたいのです。わたくしがその方の名を明かせば、その方にご迷惑がかかりますわ。……お相手は、身分も何もない、平民なのですもの。わたくしのせいで、その方に何かあったら、わたくし、生きていけませんわ」

「まああ！」

ローザ様は頬を紅潮させ、わたしを見つめた。

「まあ、なんてステ……いえ、そういうことでしたの。そういうことなら、ええ、もちろん、名を明かす必要などありませんわ。ええ、決して。……ジグモンドも、わかりましたわね？　エリカ様をわずらわせるようなことなど、しないように」

「……もちろんです、姉上」

一拍遅れて返事をする第二王子に、わたしは思わずニヤリとした。

くくく、ざまーみろ。……などとは決して思っていない。ええ、淑女ですから。

「エリカ様」

ローザ様は瞳をきらきらさせてわたしを見た。

「エリカ様のご事情は、よくわかりましたわ。婚約者のお名前はお聞きしませんけれど……、その方との馴れ初め《なそ》や、どういった経緯で婚約に至ったのか、支障のない範囲でお伺いできればと思いますわ」

「かしこまりました。お耳汚しでしょうけれど、機会がございましたら、ぜひ」

通常、こうしたやり取りは社交辞令であり、決してそうした機会などめぐってこないのだが、今回ばかりはそう思えない。ローザ様の瞳の輝きが尋常ではないからだ。ていうか、わたしたちのやり取りを息をこらして聞いていたらしい女生徒たちの瞳も輝いている。

あー、貴族令嬢と平民の許されざる恋、なんて、そりゃ根掘り葉掘り聞きたいよね。

実際の当事者にはなりたくないけど、他人の恋バナだったら盛り上がるよね。

うーん。まあ、学園での噂話なんて、ナーシル様の耳には入らないだろうし。

よし、ここは思いっきり、盛り盛りに盛った恋愛小説を創作して、王女殿下他に披露することにいたしましょう！　脳内タイトルは『運命にあらがう恋人たち～暁の瞳に恋におちて～』に決定だ！


廊下ですれ違いざまに、「応援しておりますわ」とささやかれた。

振り返ると、その女生徒は小さく会釈して去ってゆく。

最近、こんな事が増えた。第二王子に睨まれるのを恐れ、表立った行動はできないが、なんとかわたしに好意を伝えようと、みなさりげなくわたしに接触をはかってくる。

「エリカってば、話を盛りすぎよ」

ララはちょっと呆れ気味だ。

ララには、最初から正直に婚約の経緯を話しているので、わたしが創作した盛り盛り恋愛小説に若干、引いているのだ。

「実際はお見合いなのに、偶然レオン様のご実家の庭園で出会ったことになってるし、あなたのほうから婚約を申し込んだことも、彼が魔獣の群れからあなたを守って戦いながら求婚したことになってるし」

「そのほうが、第一王女様とかに喜んでいただけるかなーって」

偶然の出会いから許されぬ恋におち、そして思いが深まりゆく中、命がけで自分を守ってくれる恋人に求婚されるなんて、乙女の夢でしょ。と言うと、ララは、確かに……と力なく同意した。

「なに、どうしたの、ララ」

「……なんか、そういうの、いいなあって思ったの。わたし、卒業後は許嫁《いいなずけ》と結婚が決まってるでしょ。それは納得してるんだけど、でもそういうの、憧れるなあって」

ララは幼馴染《おさななじみ》の子爵家次男と婚約しており、卒業後はその次男が婿入りし、商会の跡継ぎであるララをサポートしてくれる予定だ。子どもの頃からの知り合いで、気心も知れており、その子爵家次男に不満はないが、ときめきもない、ということらしい。

「贅沢な話だって、わかってるんだけど。……なんか、こう、全然ドキドキすることもないまま、誰かに恋することもないまま、結婚するのかなあって思ったら、なんか……」

ララはため息をついた。

「ほんと、贅沢だよね。エリカがジグモンド様に目を付けられた時は、わたしは平凡でよかった、普通に婚約しててよかった、って思ってたんだもん」

ごめんね、とララに謝られ、わたしはびっくりした。

「ええ、なんで？　謝ることなんてないでしょ。わたしだって、ララの立場だったら同じ感想しかないよ。自分に幼馴染の許嫁がいて良かった！　って、全力で神に感謝してたよ、きっと」

なんたって、相手はあのサディストだもんね。仕方ないと思うよ。

「……そういえば、そのジグモンド様だけど」

ララが声をひそめ、わたしを廊下の石柱の陰に引っ張っていった。

「どうやら、婚約が決まったらしいわよ。父が話しているのを聞いたから、間違いないわ」

おおう。あのサディストも、ついに婚約成立か。めでたい……と、言っていいのだろうか。特にお相手には。

「お相手は、どっかの侯爵家の姫君とか、隣国の王女様とか？」

「ううん」

ララは周囲を気にしながら、低い声で言った。

「それが、バルトス男爵家の令嬢とですって。しかも、お相手はまだ八歳で、学園に入学してもいないのよ」

うっ、とわたしは言葉に詰まった。

そ、それは……、突っ込みどころが多すぎないか。

いや、もちろん王侯貴族の婚姻に、年齢なんてほとんど意味はないけど。でも、そういう年齢差のある婚姻は、だいたい王位継承者か、もしくは貴族なら家督を継ぐ者に限られている。第二王子にそうした政略結婚を強いる派閥などないだろうし、これは第二王子自身の意向が強く働いた婚約と見ていいだろう。

第二王子……、自ら望んでまだ八歳の少女と婚約するとか、もう何も言えない……。これ以上、下がりようがないと思っていた好感度が、さらに下がりましたよ。いや、お見それしました。

「それにね、エリカ。その男爵家が経営するバルトス商会って、聞いたことない？」

わたしは首を傾げた。

バルトス商会。いや、特に聞いたことはないけど、そんな大きな商会なのだろうか。

「あまり一般的には知られていないけど、ここ四、五年で急成長を遂げた商会なの。取り扱いは武器や防具、それも冒険者用というより、兵士用のものね。それから、人材斡旋業《あっせん》。ギルドみたいにあらゆる職種の人材を網羅しているわけじゃなくて、傭兵などの戦士限定の業者よ」

…………。

死の商人と、サディスト第二王子。不吉×不浄って感じで、できるだけこの組み合わせからは遠く離れた場所にいたいです。ていうか、王子が言っていた付き合いのある商人って、ベレーニ商会じゃなくバルトス商会だったのか。しかも婚姻を結ぶほど、親しい間柄だったとは。

「いや、なんか……、それってどうなの、第二王子が武器商人と姻戚関係になるなんて、ちょっとマズいんじゃない？」

「ジグモンド様は婚姻の際、臣籍に降下されると思うわ。もともと、王位継承権はお持ちではなかったし、王族の地位にしがみついても仕方ないもの。……ただ、お相手が男爵家だったのは、意外だったけど」

確かに。第二王子、プライド高そうだもんね。わたしを側室に、って言ってたし、侯爵あたりか、もしくは外国の王族から正室を娶《めと》るものとばかり思ってたんだけど。

「……ひょっとしたら、第二王子がバルトス男爵家との婚約を決めたのは、エリカ、あなたとのことがあったからかもしれないわ」

ララが深刻そうな表情で言った。

「いや、なんでわたしが……」

「第二王子は、異常なくらいあなたに執着してたもの。でも、あなたは婚約者を見つけた上、第一王女殿下を味方につけたわ。もう表立ってあなたに手出しはできない。でも、あの第二王子が、このまま大人しく引き下がるなんて、とても思えないわ」

わたしは、第二王子のセリフを思い出した。

――卒業までの三ヶ月間、楽しい学園生活を送り、何事もなく、無事に、婚約することを祈っている。

バルトス商会という、怪しげな死の商人と手を組んだ第二王子が、もしわたしに報復するとしたら、何をする？　わたしに手出しできないなら、そこはやはり、地位を持たぬ平民の婚約者に狙いを定めてくるんじゃなかろうか。

わたしは唇を噛んだ。

あー、もう、ここ最近、気が緩みすぎだった。

ここらで一回、気合を入れ直し、あの最低サディスト第二王子への対抗策を考えねば。

第二王子が、ナーシル様についてどこまで情報を得ているのかは知らないが、とにかく、その身の安全だけは、必ず守ってやらねば。

「せっかく見つけた婚約者に、手出しなんかさせないんだから」

「エリカ、気をつけて。相手はあの極悪サディスト王子よ」

「うわー、思い出しただけで寒気が」

わたしはぶるっと体を震わせた。

「真面目な話、バルトス商会は危険だわ。私も調べてみるけど……、エリカ、無茶はしないでね」

「わかってる、ありがとう」

わたしは、心配そうなララに、力強く頷いたのだった。

四章　『デートのはずだった』

「レオン様、兄をよろしくお願いいたします」

わたしがレオンに頭を下げると、

「逆だ！　私がレオンの面倒を見なきゃならないんだ！」

兄が怒って言った。

まあ確かに。今日もナーシル様、わたし、レオン、兄という面子《メンツ》で森に出かける予定だったのが、レオンが急きょ、手続き関係で騎士団に呼び出しをくらったため、念のため兄もついて行くことになったのだ。

バルタ家の屋敷につくと、レオンがわたしたちを出迎えてくれた。

「アド、いつもすまんな」

レオンは爽やかに言ったが、ちょっと残念そうだ。

「今日は初めて、シシ以外の森に行けると楽しみにしていたのだが、団長じきじきに呼び出されては、無視するわけにもいかんしな……」

いや、なんであなたが楽しみにしてるんですか。これはわたしとナーシル様のデートなんですけど。……とは言えない。しょんぼりした大型犬を苛めるような、鬼畜な真似はできない。

「今回は、なんの手続きで差し戻しをくらったんだ？　婚約関係か？」

「うむ、わからん！」

レオンが元気よく答えた。

わからんのか、そうか……。兄もがっくりと肩を落としている。

「しかし、団長自らの呼び出しというのは、珍しい。通常は副団長から通達があるのだが」

レオンが首を傾げて言った。

なんでも騎士団では、書類などの手続き関係は、副団長にほとんど丸投げされているらしい。書類仕事大嫌いな団長とレオンは、たいそう馬が合うそうだ。

「その団長が呼び出さざるを得ないくらいの、大ポカをおまえがやらかしたんだろ！」

兄が怒って言ったが、レオンは考え込む様子を見せた。

「うむ、まあ、そうなのだろうが。……しかし、どうもな……、うまく言えんが、何かおかしい」

「おかしいのはおまえだ！」

兄がバシバシとレオンの肩を叩いているが、レオンは気にした風もない。

レオンはじっとわたしを見た。

「今日は、エリナ殿とナルシー殿は、テーベの森に行かれるのだったか？」

「はい、その予定です！」

わたしはウキウキで答えた。

レオンと兄には悪いが、騎士団からの呼び出しのおかげで、わたしとナーシル様二人きりのお出かけが実現したのである。

婚約者となって、初めて！　ナーシル様と二人きりのデートだよー！

まあ、デートってか、森で獲物を狩るだけだけど、二人きりだしね！　立派なデートだよね！

第二王子の件も伝えなきゃだけど、でも、ナーシル様に会えるのはそれだけで楽しみだ。幸せ。

ニヤニヤするわたしに、レオンが、

「アド、エリナ殿、ちょっと待っていてくれ。武器庫に行ってくる」

いきなりそう告げるや、レオンは部屋を出ていってしまった。

「……なんで武器庫？」

「私に聞くな」

残されたわたしたちは、呆気にとられてその場に立ち尽くした。レオン、相変わらず自由すぎる。

ほどなくして戻ってきたレオンは、使い込まれた短剣を二振り、手にしていた。

「エリナ殿、これを」

短剣を差し出され、わたしは戸惑いながらもそれを手にした。

普段使っているダガーより、さらに小振りで軽く、手によくなじむ。

「レオン様、これは？」

「うむ、エリナ殿が使われているダガー、あれは物は良さそうだが、エリナ殿には少し重そうだと思ったのだ。こちらのほうが、エリナ殿には合うであろう」

まあ、うん、確かに。

わたしは両手に短剣を持ち、軽く動いてみた。腕を振りやすく、動きやすい。

「おお、やはり、こちらの短剣のほうがずっといい」

レオンは喜び、ニコニコして言った。

「それはエリナ殿に差し上げよう」

「え」

わたしと兄は顔を見合わせた。

「レオン、どうした。なぜ短剣をエリカに？」

「いや、気になってな。先日から、エリナ殿にあのダガーは、どうにも重そうだと思っていたのだ」

レオンはきっぱりと言った。

「武器は、己の筋力に見合ったものを使うのが、一番効率がよいのだ」

武器や筋肉に関して、レオンと言い争う気は毛頭ない。

「そうなんですか。ありがたく頂戴いたします」

わたしは素直に礼を言い、頭を下げた。

「礼はいい。次は、俺とアドも一緒に、テーベの森に連れていってくれ」

「いい加減にしろ！」

兄はプリプリ怒りながらも、レオンを連れて騎士団へと向かった。

わたしは馬にまたがり去ってゆく二人に向かってにこやかに手を振り、心の中で気合を入れた。

さあ、いよいよ、初めての！　ナーシル様と二人っきりのデートだー！


テーベの森は、王都の外れにある迷宮の外側に位置している。

その迷宮にはあまり強い魔物は出現せず、外側の森にも、ちょろちょろと弱い魔獣が出る程度で、冒険者成り立てレベルでも十分対応可能なところだ。

ただ、木々が密集しているため昼間でも薄暗く、細い獣道だらけで迷いやすい。常に位置を把握しながら進む必要がある。

……というような情報を、狩りを始める前に、ナーシル先生がきっちり説明してくれた。

はい、よくわかりました、先生！

「そういう事なら、しばらく手をつないで歩いてもらえませんか？」

わたしが手を差し出すと、ナーシル様は、えっ⁉　とわかりやすくうろたえた。

「迷ってしまったら、困りますから」

わたしはやや強引にナーシル様と手をつなぎ、歩き出した。ちらりと横を見ると、ナーシル様は頬を赤く染めてうつむいている。

「……イヤだったら、手、放します」

わたしがそう言うと、ナーシル様は黙ったまま、きゅっとわたしの手を握り返した。まったく、可愛いにも程がある！

「ナーシル様、お話ししたいことがありますの」

こんないい雰囲気の中、出したい話題ではないが、早めに伝えておかねば。

わたしは手短に、ジグモンド第二王子の婚約についてナーシル様に説明した。

「ナーシル様、身辺には十分にご注意ください。もしよろしければ、王都を出るまでルカーチ家に身を寄せていただいてもかまいません」

「それは……」

わたしはナーシル様の手を強く握って言った。

「ジグモンド様は、こう言ってはなんですが、間違いなく異常者です。王族という尊い御身ではありますが、その行動には、品位のかけらもない。弱い者、抵抗できない者をいたぶって喜ぶ、下衆《げす》ですわ」

「……承知しております」

ナーシル様は顔を上げ、わたしを見た。

「第二王子のことは、よく、存じております」

おや、と思ってわたしは足を止めた。

ナーシル様は、どこか苦しそうな表情で続けた。

「……私は、ずっとエリカ様をたばかっておりました。私は、本当は……」

言いかけて、ナーシル様はハッとしたように動きを止めた。

「ナーシル様？」

しっ、とナーシル様が人差し指を唇にあてた。そのまま動きを止め、周囲の物音に耳を澄ませている。

わたしもナーシル様にならい、周囲の気配を探った。なにか大物の魔獣でも現れたのかな、と思ったのだが。

――草を踏みしだく複数の足音、金属がこすれる耳障りな音がする。

わたしは首を傾げた。

他の冒険者たちが近づいているのだろうか。

だが、それにしては足音が重いような気もする。

「エリカ様」

ナーシル様が、ほとんど唇の動きだけでわたしの名を呼んだ。

わたしはナーシル様の唇に耳を寄せ、彼のささやき声を聞き取ろうとした。

「私が合図したら、逃げてください」

わたしは驚いてナーシル様を見た。ナーシル様は真剣な表情でわたしを見下ろしている。一瞬、その姿が二重にぶれ、いつかシシの森で見た、別人の顔になった。

「逃げて！」

ほとんど突き飛ばすように、ナーシル様がわたしの体を後ろに押しやった。

「走ってください、振り返らないで！」

言いざま、ナーシル様はその場から大きく跳躍した。

次の瞬間、さっきまでナーシル様が立っていた場所に槍が突き刺さり、わたしは思わず声を上げた。

「ナーシル様！」

「走って、森を抜けてください、早く！」

前方に、明らかに冒険者とは様相の違う、鎖帷子《くさりかたびら》を身に着けた兵士たちが数人現れ、無言でナーシル様に斬りかかってきた。兵士たちは顎まで覆う鉄兜《かぶと》をかぶっているため、顔が見えない。

ナーシル様は両刃斧の柄の中ほどを持ち、木々の間を縫うように動き、兵士たちと打ち合いをはじめた。ナーシル様の力はすさまじく、一撃で兵士を吹っ飛ばしている。

と、兵士たちの後ろに、黒いローブを纏《まと》った人間が立っているのに気がついた。

魔術師だ、とわたしは直感的に悟った。

明らかに職業軍人らしい兵士たちと、魔術師が組んで襲ってくるなんて、どう考えても単なる野盗ではない。

いったい誰が、なんの為に。

その時、魔術師が風の攻撃魔法をナーシル様に向けて打とうとしているのに気づき、わたしはとっさに魔術師めがけて短剣を投げつけた。

「ぐぁっ」

魔術師が低くうめき、肩をおさえて地面に膝をつく。

「この女！」

魔術師が憎々しげにわたしを睨み、途中まで詠唱していた風の攻撃魔法を、わたしに向けて放った。

「よせ、女は殺すなと言われただろ！」

兵士の一人が魔術師に叫ぶ。わたしはすれすれで攻撃魔法をかわし、地面を転がった。

魔術師は兵士に叫び返した。

「少々傷をつけるくらいはかまわぬ、との仰せだ！　要は殺さねばいいのだ！」

続けざまに放たれる攻撃魔法をかわしつつ、わたしは魔術師の言葉を反芻《はんすう》した。

「女は殺すな」「少々傷つけるくらいはかまわぬ」

すっごくすっごく、そういうこと言いそうな下衆に、心当たりがあるんですけど！

「エリカ様！」

ナーシル様が両刃斧をぶん、と振り、兵士二人をまとめて吹っ飛ばした。すごい。

「早く逃げてください！」

ナーシル様がふたたび叫んだが、わたしはそれを無視した。

こいつらは、わたしを殺そうとはしていない。狙われているのは、ナーシル様だ。

そしてその命令を下したのは、あのサディスト第二王子、ジグモンドに違いない。

ナーシル様は、わたしのせいで命を狙われているのだ。ここでナーシル様を置いて、自分ひとり、さっさと逃げ出すなんて、婚約者の風上にもおけない。

わたしが足手まといになるなら話は別だが、この魔術師、たぶんわたしより弱い。ならばわたしも、婚約者を守って戦わねば！

わたしは小さな炎の群れを作り出し、自分の前に、盾のように展開した。魔術師が風の攻撃魔法を放ってくるが、炎がその魔術を燃やし、無効化する。

わたしは残った炎の一つに追跡の印をつけ、魔術師のローブに付けることに成功した。

魔術師は慌ててその炎を消したが、火は消えても、印は消せない。

わたしは以前、ナーシル様に教えてもらった誘導魔法を使い、残った炎を一気に魔術師へぶつけた。

「うわっ！　なんだこれは！」

魔術師が慌てて炎の群れから逃れようとするが、炎は魔術師につけられた印を追いかけ、攻撃を続けた。

「くそっ！」

魔術師は次々に風の攻撃魔法を放ち、炎を消そうとするが、いかんせん炎の数が多く、対応しきれない。

「おのれ、女ごときがふざけた真似を！」

魔術師の悪態に、わたしはカッと頭に血が上るのを感じた。

女ごときか。言ってくれる。女だというだけで、受けた攻撃を返すのは、ふざけた真似だと言うつもりか。女は攻撃されたら、ただ泣いて逃げまどっていろとでも？

ふざけた真似してんのは、おまえらのほうだ。わたしの婚約者に大勢で寄ってたかって襲いかかり、その命を奪おうとするなんて、絶対に許さない。

殺してやる！

「エリカ様！」

ナーシル様が叫んでいるが、わたしは素早く魔術師の後ろに回り込んだ。短剣はもう一本残っている。これで決着をつけなければ。

わたしは、背後から魔術師の顔をつかんで固定すると、短剣を持った手を思い切り横に引いた。

獲物を仕留める時と同じ動きで、わたしは魔術師の喉を掻《か》き切った。

くふっ、と空気の抜けるような音がした。

魔術師は、とすん、と地面に膝をつき、そのままうつ伏せに倒れ込んだ。

「エリカ様！」

ナーシル様が最後の兵士を弾き飛ばし、わたしに駆け寄った。

わたしはがくがくする膝を叱咤《しった》し、なんとか立っていた。

……わたし、人を殺した。

手にした短剣には、べっとりと血がついている。魔術師の血だ。

「エリカ様」

短剣ごと手を握られ、わたしはナーシル様を見た。

「お怪我は」

「……いいえ、わたしは無事です。ナーシル様は」

「私も無事です」

ナーシル様は倒れた魔術師に近づくと、膝をつき、脈をみるように首筋に手をあてた。もう死んでいるのに、とわたしはぼんやり思った。

魔術師は、もう死んでいる。わたしが殺したのだから。

「……まだ、息があります」

ナーシル様は立ち上がって言った。

「この男は、死んでいません」

「え」

いや、そんなはず……と言いかけた時、ナーシル様は大きく両刃斧を振りかぶった。

そして勢いよく、両刃斧を魔術師に振り下ろし、その首を刎《は》ねた。

「……この男は、私が殺しました」

ナーシル様はわたしに背を向けたまま、静かに言った。

「あなたは殺していない。私が殺したのです」

その時、わたしは、何故ナーシル様がわたしに逃げろと言ったのかを理解した。

ナーシル様は、人を初めて殺した時のことを、覚えているのだ。

何年も戦場に身を置き、いやというほど人を殺しただろうに、いや、だからこそ、わたしにそんな思いをさせまいとしてくれたのだ。

わたしは混乱する気持ちを抑え、泣きそうになるのを何とかこらえた。

ここでわたしが泣いたら、ナーシル様が気にして、傷ついてしまう。

わたしはゆっくりとナーシル様に近づいた。

「ナーシル様」

ナーシル様はわたしと目を合わせるのを恐れるように、うつむいたままだ。

「その魔術師は……、わたしたち、二人で殺したのです」

ナーシル様は弾かれたように顔を上げ、わたしを見た。

「わたしたち、戦って、お互いを守ったんです。……わたし、ナーシル様を守れて、嬉しいです。これからも、こんな事があったら……、わたしは迷わず、同じことをします」

わたしの言葉に、ナーシル様はくしゃりと顔を歪めた。

そしてそのままわたしを抱きしめ、声もなく涙を流した。

「ナーシル様、泣かないで」

はらはらと涙を流すナーシル様に、わたしはどうしたらいいのか途方に暮れた。

こういう時は、ハンカチを渡すべきだろうか。しかし、わたしの手は比喩でなく血まみれなので、この状態でハンカチを手にしたら、血みどろのハンカチをナーシル様に渡すことになってしまう。

それに、

「ナーシル様、この……襲撃犯たちの死体、どうしましょうか」

目の前には、首を斬られた魔術師やナーシル様に一撃で殺された兵士たちの死体が、累々と転がっている。

獲物なら皮を剥ぎ、血抜きなどの処理を行うが、今回のように、襲ってきた人間を返り討ちにした場合は、どうすればいいんだろう。

「お、王都の警備隊と……、私はギルドに、届け出を、出します。襲撃犯……の、持っていた、け、剣や指輪、などを持っていき、じ……事情を、説明、する必要があります」

ナーシル様が泣きながら、一生懸命教えてくれた。

そっかー。

「じゃ、わたし、ちょっと死体を確認してきますね」

「ま、待ってください、エリカ様」

ナーシル様は慌てたようにわたしの袖をつかんだ。

「あの、あのちょっとだけ、待って……」

ていうか、ナーシル様まだ泣いている。いい加減泣きやんでほしい。

ナーシル様はわたしから体を離すと、焦ったように首の回りを両手で探った。

なにやってるんだろう、と思ったら、ナーシル様の三重顎の下から、細い金の鎖が現れた。

ナーシル様、こんな華奢《きゃしゃ》な首飾りをつけてたのか。顎の肉に埋もれていてわからなかった。

ナーシル様は震える指で金鎖を探り、その止め環を外した。しゃらん、と軽い音をたてて鎖が外れ、ナーシル様の手に落ちる。

その瞬間、目の前のナーシル様の姿が歪み、そこだけ蜃気楼のように揺らめいて見えた。

「ナーシル様⁉」

わたしは驚いて声を上げた。

巨大な白豚のようなナーシル様の姿が消え、代わりに、いつかシシの森で見た、恐ろしいほど美しい青年がそこに立っていた。

その青年は、涙に濡れた紫色の瞳をわたしに向けた。

「私は……、エリカ様を、たばかっておりました」

震える声で彼は言った。

「何もかも、嘘だったのです。これが、私の、本当の姿です」

暁の空のように美しい瞳から、涙がとめどなくあふれている。

美しい人ってのは、泣いてても美しいものなんだな。

いや、しかし。

「あの……、ナーシル様？」

わたしは、人間とは思えぬほど美しい青年に、おそるおそる声をかけた。

銀髪、紫色の瞳はたしかにナーシル様のものだが、本当にこれ、ナーシル様なのか。

鼻筋は通り、瞼は彫刻家が細心の注意を払って彫り上げたような、くっきりと美しい弧を描いている。頬は少し削げ、以前のふくふくした白豚の面影はどこにもない。顎もすっきりと形よく、唇

は紅をひいたように赤い。女性とも男性ともつかぬ、月の精霊のように非人間的な美貌だ。

「エリカ様……」

ナーシル様（なのか？）は、はらはらと涙を流しながら言った。

「エリカ様、怒っていらっしゃいますか」

辛そうに顔を歪めるナーシル様（仮）に、わたしは首を傾げた。

「怒るって、なんでですか」

怒るというより、驚いた。ていうか本当にこの美青年、ナーシル様でいいの？

「わ、私は、エリカ様に嘘をついて……、エ、エリカ様は、私、と、一緒に生きたい、と、おっしゃって……、くださった、のに」

涙、涙でつっかえながらしゃべる姿に、あーこれ、間違いなくナーシル様だ、とわたしは確信した。

姿形は変わっても、うじうじ……いや、繊細な性格は変わらない。そう、ナーシル様は、心優しく繊細で、内気な可愛い人なんだよ！　わたしの大好きな婚約者！　泣かないで！

わたしは手が血まみれなので、肘でナーシル様の背中をつんつん突いた。

「ナーシル様、泣かないでください。怒ってなんていませんから」

「エリカ様」

「よかったらハンカチ使ってください。右側のポケットに入ってます。今わたし、手が汚れてるんで」

そう言うとナーシル様は、ハッとしたようにわたしの手を見て、慌てて水魔法でわたしの手を洗ってくれた。

優しい。好き。

わたしはきれいになった手でハンカチを取り出し、ナーシル様の涙をぬぐった。

拭いても拭いても、ナーシル様の涙は止まらない。

「ナーシル様、ほんとわたし、怒ってないんで、泣かないでください」

このままでは脱水症状になるんじゃないかと心配だ。

「なぜ……、怒らないのですか？」

ナーシル様は泣きながら、不思議そうに言った。

「私は、エリカ様に嘘をついていたのに……」

何故と言われても。

「ナーシル様が、何か隠してたことはわかってましたから。それに、そのお姿も、一瞬ですけど、何度か目にしましたし」

そう、一緒に狩りをしている間も、ふっとナーシル様の姿がぶれて、今の姿が見えたことがあった。

何か魔術で姿変えをしているか、目くらましの術をかけてるか、どっちかなんだろうなあ、とは思っていたのだ。

そう伝えると、ナーシル様は驚いたような表情になった。

「え。気づいていらっしゃったのですか」

「まあ、何となく。それに、ナーシル様はとても美しい手をされているでしょう？　通常、太った方は、指まで太っているものです。それもあって、何らかの術をかけていらっしゃるのではないか、とは思っていました」

「そうだったのですか……」

「ええ、しかし改めて拝見して、正直、驚きました。ナーシル様は、まるで月の精霊のようにお美しいのですね」

わたしの言葉に、ナーシル様はぽっと頬を染めた。

以前は、こういうところが可愛いと思っていたが、今は可愛いだけでなく、色っぽい。これ、男女問わずすごいモテるだろうなあ。

それに、

「わたしだけじゃなくて、たぶん、レオン様も気づいてると思いますよ」

「えっ⁉」

ナーシル様は仰天し、わたしを見た。驚きのあまり、涙が止まっている。

もー、レオンで涙を止められるとか、なんか婚約者として負けた気がするんですけど！

「最初に、レオン様からナーシル様がどんな方か、説明していただいたんです」

わたしはナーシル様を見上げ、言った。

まあ、レオンが説明したというより、兄が聞きだしたと言うほうが正しいんだけど。

「その時、レオン様はナーシル様について、こうおっしゃいました。『背が高く、両刃斧を使いこなす。見事な銀髪に、美しい紫色の瞳をしている』と」

ナーシル様はぴんと来ないようで、不思議そうな表情をしている。

わたしは少し、笑って言った。

「もしナーシル様の姿が、そのう、ふくよかに見えていたのなら、レオン様は、きっとそうおっしゃったはずですわ。あの方は、そうした事を伏せたりなさいませんもの。見たまま、ありのままの事実を、そのまま口にされるお方です。おそらくレオン様は、最初からナーシル様の本当の姿をご存じで、何かおかしいとは思われても、さして気に留めず、接していらっしゃったのではないでしょうか」

わたしの言葉に、そういえば、とナーシル様は呟くように言った。

「私が見合いをするたびに、女性に逃げられてしまう、と言った時、レオン様は、『貴殿も名前を覚えられぬのか？』とおっしゃいました。そうではなく、姿を見たとたん、逃げ出されてしまうのだ、と告げても、何故なのかわからぬご様子で……、私の容姿が原因とは、露ほどもお考えではないようでした」

ナーシル様は、手にした細い金鎖に目を落とした。

「その金鎖に、姿変えの魔術がかけられているのですか？」

「……ええ」

ナーシル様は頷き、金鎖をわたしに渡した。

華奢な鎖は、どちらかと言うと女性物のような印象だが、今のナーシル様なら、たいそう良く似合うだろう。そんなことを考えながら、鎖を触っていると、

「……え？」

なんとはなしに鎖の止め環を見た瞬間、わたしは目を疑った。

「え、これ。……この紋章って、ナーシル様」

「……これは、私の父が、母に贈ったものです」

ナーシル様は静かに言った。

いや、ちょっと待て。

この鎖の止め環、紋章の意匠が施されているのだが、その紋章が鷹と剣……お、王家のものなんですけど。

「この金鎖は、コバス王家が所有する魔道具の一つです。所有者が変わるたび、所有者の願いを受けて、その姿を変化させてくれます。……しかし、心の強い者、純粋な者には、この魔術は通用しません。エリカ様もレオン様も、王家の魔道具などに惑わされぬ、強く清らかな心をお持ちでいらっしゃるのですね」

ナーシル様が微笑んでわたしを見た。後光が差すレベルで麗しい。

って、いや、ちょっと待て待て。

「ナーシル様、その、ナーシル様のご両親は……」

ナーシル様は表情をあらため、わたしに頭を下げた。

「私が孤児だというのは偽りです。エリカ様を騙しておりました。大変申し訳ありません」

「あ、いえ、そこはいいんで。大丈夫です」

わたしは息を整え、ナーシル様を見た。

「まさか、ナーシル様のお父上は、王族……？」

「現国王、ローランド・コバス陛下です」

うっ。

想像以上の大物に、わたしは少し怯《ひる》んだ。

言われてみればナーシル様、たしかに顔立ちが、王家の皆さまに似ているような。まあ、ナーシル様のほうが段違いに美しいけどね！　ハハハ！

ヤケクソのように心の中で笑い、ナーシル様を見る。そういえば、何となく鼻筋とか、ジグモンド王子にも似てるかも。まあ、あのサディストも、顔だけはいいしなあ。

ナーシル様は続けて言った。

「そして私の母は、エレノア・ロストーツィ。……ジグモンド・コバス王子の母君、バルバラ・ロストーツィ様の異母妹となります」

「え⁉」

わたしは驚き、ナーシル様を見上げた。

ロストーツィ侯爵家。ジグモンド王子の母君のご実家だが、バルバラ様に異母妹なんかいたっけ。記憶にないが。

わたしの表情から、言いたいことを察したのか、ナーシル様が苦く笑った。

「私の母の存在は、公にはされておりません。先代のロストーツィ侯爵が戯れに流れの踊り子に手をつけ、生まれたのが私の母親と聞いております。……ゆえに、私の母はロストーツィの系譜には載せられず、バルバラ様が王宮に上がられる際も、侍女として付き従ったのだとか」

おおっと。実の姉に侍女として付き従うってあたり、なんかアレだなあ。

やだなあ、と思ってたら、やはり想像通りの筋書きだった。ナーシル様が語ったところによると、

1．エレノア（ナーシル様の母親）、とっても美人だった。
2．子どもの頃から、エレノアは、異母姉バルバラ（ジグモンド王子の母親）にその美貌を妬まれ、苛められていた。
3．バルバラの侍女として王宮に上がったら、王様にその美貌を見染められ、エレノアは、バルバラより先に子ども（ナーシル様）を身ごもった。
4．バルバラ、怒り狂う。
5．命の危険を感じ、エレノア、王宮を脱出。

「その際、王が母にこの魔道具を渡したのです」

わたしの手にある金鎖を見つめ、ナーシル様が静かに言った。

「姿を変え、生き延びよと。そしていつか、会いに来てほしい、と」

ええー……。

わたしは何とも言えない気持ちで、手の中にある華奢な金鎖を見つめた。

王様、命からがら王宮脱出するって人に、また戻ってこいって言うんですかあ……。自分で会いに行かないんですかあ……。

そりゃ警備とか諸々の問題はあるだろうけど、元々、王様がエレノア様に手を出したのが原因なんだからさあ。せめてどこか安全な場所に匿ってあげるとか、色々とやりようはあったんじゃないの。

王様、ちょっと何ていうか……、うーん、これ以上は不敬になるから、考えないでおこう、うん。

「母は、平凡な見た目に姿を変えることを望み、この魔道具はその願いを叶えました。……それから病に倒れるまでの数年、母は初めて、穏やかな日々を送ることができたのです」

そっか……、良かった。

王様はアレだけど、結果的にエレノア様が幸せになれて、良かった良かった。

「そして母が亡くなった後、この魔道具の所有者は、私になりました。……私は魔道具に、醜くなりたい、と願いました。誰も私に近寄らぬよう、声をかけることすら厭《いと》うような、醜い姿になりたい、と」

おっと。これはまた、たいそう心が病まれてますね！

エレノア様が亡くなられた時、ナーシル様はまだ十歳だったはず（レオン情報が正しければ）なのに、その時点でソレか……。辛すぎる。

「私は愚か者でした」

ナーシル様は悲しげに言った。

「魔道具の力を借りて、私は現実から目を背け、逃げたのです。そのせいで、私は何もかも偽りの姿しか、エリカ様に知っていただけなかった。初めて愛した方を、騙すことしかできなかった」

「まあ」

わたしは思わず声を上げた。

「ナーシル様！」

がしっとナーシル様の腕をつかむと、ナーシル様はびっくりしたようにわたしを見た。

「ナーシル様、もう一回おっしゃって！」

「は、え……、もう一回？　な、なにをでしょう？」

わたしはウキウキで叫んだ。

「わたしを！　愛していると！　もう一度、大きな声でおっしゃってくださいませ！」

「ええっ⁉」

ナーシル様は目を見開き、真っ赤になった。

とんでもない美形だが、反応は前と一緒だ。可愛い。

ていうか、ナーシル様、わたしのこと「初めて愛した方」って！　そう言った！　間違いなく言った！

今回の話の中で、一番重要なことなのでもう一回、ハッキリきっちり言ってもらいたい！　さあさあ、恥ずかしがらずにもう一度！


わたしがナーシル様に愛の言葉を強要していると、

「あ、エ、エリカ様、だ誰かこちらに来ます！」

ナーシル様がどもりながら、真っ赤な顔で叫んだ。

人目があっても別に……と思ったが、ナーシル様に衆人環視の中で愛を告げろと言ったら、羞恥のあまり倒れるかもしれない。

婚約者を倒れさせるのは本意ではないので、わたしは仕方なくナーシル様から手を離した。

すると、

「エリカ！」

木立の間から現れたのは、なんと兄とレオンだった。

二人とも朝会った時と同じ格好だったが、兄は転んだのか服は泥だらけで、髪はぐしゃぐしゃの上、小枝が刺さっている。

レオンも騎士団の制服に泥がはね飛び、ひどい有り様だ。

「まあ、兄上、レオン様も。どうなさったのですか？」

「どうもこうも……、エリカおまえ、怪我は⁉　この……、この輩は」

兄は周囲に転がる死体の山に視線を向けた。

「ジグモンド様が差し向けた、暗殺者どもですわ」

わたしの言葉に、兄が顔を強張《こわば》らせた。

「なんだと」

「この者たちの話を聞いた限りでは、ジグモンド様が雇い主で間違いないかと。『女は殺すな』と命令されていたようです。また、殺しさえしなければ『少々傷をつけるくらいはかまわぬ』とも」

「……あの、クズが」

兄が吐き捨てるように言った。

「この襲撃は、私たちのせいでもある。……済まなかった、エリカ」

兄は謝り、横に立つレオンを見やった。

「今日、レオンが騎士団に呼び出されたのは、おまえとナーシル殿を二人きりにするための、罠だった。我々はおびき出されたのだ」

「申し訳ない」

レオンも頭を下げた。

「最初から、どうにもおかしいと思っていたのだが、騎士団に出向いたところ、誰も俺にそんな命令は出していないと」

「それで罠だとわかり、慌ててこちらに向かったのだ。……私とレオンをおびき出し、ナーシル殿とおまえ二人の状態にすれば、ナーシル殿はおまえを守って戦わねばならん。そうなれば、簡単にナーシル殿を始末できる……と思ったのだろう」

死体の山にちらっと目を向け、兄は少し笑った。

「奴らの見通しは甘かったようだな」

わたしはナーシル様に近寄り、するっと腕をからめた。ナーシル様がびくっと飛び上がったが、気にしない。わたしたち、両想いだしね！

「ええ、ナーシル様がわたくしを守ってくださいましたわ」

「……そのことなのだが」

兄が微妙な表情で、わたしの隣に立つ美青年、ナーシル様を見た。

「おまえの隣に立っている方は……、その方はいったい……？」

「いやですわ、兄上、何をおっしゃってますの？　この方はナーシル様ですわ。ねえ、レオン様？」

わたしに話をふられたレオンは、力強く頷いて言った。

「うむ、ナルシー殿だな。……どうした、アド、ナルシー殿とは何度も会っているだろう。なぜ覚えていないのだ？」

わたしたち二人に責められ、兄はうろたえて視線をさまよわせた。

「ええ……？　いや、だって顔が……、体型も、その……。たしかに銀髪だが、いやでも、違いすぎるだろう。何か魔術でも、かけているのか？　そうなんだろ、エリカ？」

うろたえる兄が面白かったので、もう少しからかいたかったのだが、

「申し訳ありません、アドリアン様」

ナーシル様は頭を下げ、あっさりネタばらしをしてしまった。

金鎖の魔道具を見せ、ナーシル様は姿変えの経緯を丁寧に説明した。

「……そういう訳で、ずっと私は姿を偽っていたのです」

「えっ⁉」

兄ではなく、レオンが驚きの声を上げた。

「姿を偽るとは、どこをどのように偽っていたのだ⁉　まったく気づかなかった！」

ああ……、うん。

わたしはナーシル様に代わり、「心の強い者、純粋な者には魔術が効かない」という事を二人に説明した。

「実際、わたしも何度か、今のお姿を目にしたことがありましたし。レオン様とわたしは、ナーシル様の真の姿を認識できていたのですわ」

「よくわからんが、今も前も、ナーシル殿は変わらん。そういうことでいいのか？」

「ええ、よろしゅうございますわ」

ねっ、とナーシル様に微笑みかけると、ナーシル様は嬉しそうに頷いた。

「はい……、ありがとうございます」

良かった良かった、という空気が流れる中、兄は一人、納得がいかない表情だった。

「その説明からすると、私は、心が強くも純粋でもない者になるのだが……」

「人はみな、心弱く汚れた存在ですわ。神殿でもそのように説いております。気になさらないで、兄上」

「そうだアド、気にする必要はない！　おまえは頭が良く、優しい、いい奴だ！　心が弱く汚れていても、何の問題もない！」

わたしとレオンに追い討ちをかけられ、兄は涙目になった。

ごめん、からかい過ぎました。

とりあえず、今回の襲撃事件については、兄から王都の警備隊へ報告してくれることになった。

次期ルカーチ伯爵家当主からの報告とあっては、さすがにジグモンド王子でも、握りつぶすことはできないだろう。

「ナーシル殿、このような事態になった以上、神殿に戻られるのは危険だ。いったん、我が家で貴殿を保護させていただきたいのだが」

兄の申し出に、すかさずわたしも乗っかった。

「ぜひそうなさって下さいまし。わたくし、ナーシル様が心配でなりませんわ」

「しかし……」

ナーシル様がためらう素振りを見せたので、

「それに……、わたくし、怖いのです」

わたしはうつむき、弱々しく言ってみた。

「また今回のように暗殺者に狙われたら、わたくし、一体どうすれば良いのでしょう。ナーシル様がお側にいて下されば、安心できるのですけど」

「エリカ様」

ナーシル様は、遠慮がちにわたしの手を取り、言った。

「エリカ様に危険がおよぶような事は、決してありません。私が必ず、エリカ様をお守りいたします」

「……わたくしの側に、いて下さいますの？」

「ええ」

ナーシル様の返事に、わたしはにっこり笑って言った。

「じゃっ、我が家にいらして下さいますのね、ありがとうございますナーシル様！　神殿へはこちらから使いの者を出して連絡しておきますわ、さ、一緒に屋敷に戻りましょう！」

ナーシル様の手をつかみ、ぐいぐい引っ張るわたしを、兄が呆れたように見た。

「ナーシル殿、すまない。妹はその、悪気はないのだが、強引なところがあって……」

「兄上、ナーシル様は、わたしの知る限り最も卑劣で最低な人間に命を狙われていますのよ。悠長に構えている場合ではございませんわ」

「それはそうだが……」

兄はため息をつき、とにかく帰るぞ、と言った。すると、

「今日はもう、狩りはせんのか？」

レオンが残念そうに言った。

空気を読まないレオンに、兄が驚愕の眼差しを向けた。

「レオン、おまえ正気か？　この死体の山を見て、その上で、まだこの森で狩りをしたいって言うのか？」

「だってもう、暗殺者たちは始末したんだろ？　それに、今は俺とアドもいるんだし、追加で暗殺者が現れても問題ないと思うんだが」

追加で現れる暗殺者って……。

レオン、死体にまったく動じていない。わたしなんて、まだちょっと動揺しているのに。

まあ、騎士と貴族令嬢のメンタルを比べること自体、間違ってるのかもしれないけど。

しかし、これからわたしは、冒険者になるのだ。人を殺すことに、慣れる必要はないが、耐える必要はあるだろう。

何より、わたしはナーシル様と組んで冒険者になるのだ。ナーシル様はさっき、わたしを守ると言ってくれたけど、その言葉に甘え、戦いすべてをナーシル様に押し付けるようなことはしたくない。わたしが攻撃魔法など何も使えず、治癒と防御に特化した魔法の使い手で、武器も扱えないというなら話は別だが、実際は真逆な訳だし。

ずっと自分がどうしたいのかわからず、ただ第二王子から逃れるために足掻《あが》いていただけだけど、こうなってようやく、わたしは自分自身の望みがわかった気がする。

わたしは、いつでもナーシル様の隣に立っていたい。同等の立場で、互いに助け合う冒険者として生きていきたい。

そのためには、色々と乗り越えていかなきゃならないことがあるんだろうな。

わたしが物思いにふけっていると、

「とにかく、今日は無理だ、また今度にしよう」

兄の言葉に、今度っていつだ、とレオンが食い下がっている。

楽しみにしていた週末の遊びを延期された子どものようで、わたしは思わず小さく笑った。隣からも、ふふっと笑う気配がして、見上げると、ナーシル様がやわらかい笑みを浮かべていた。

「……こう申しては何ですけど、レオン様って、小さいお子様のようなところがあると思いませんか？」

わたしがナーシル様の耳元に口を寄せ、こそっと囁《ささや》くと、ナーシル様はくすぐったそうな笑顔になって頷いた。

「はい。……失礼ながら、私もそのように思っておりました」

そう言って、くすくす笑うナーシル様。もー！　ナーシル様ってば可愛いんだから！

わたしがナーシル様の腕をぱしぱし軽く叩くと、ナーシル様はまた、くすくす笑った。

可愛い。あああ、可愛い！

「おい、エリカ、いい加減にしろ。帰るぞ」

兄が疲れたような表情で言い、ナーシル様をちらりと見た。その眼差しに、若干、恐れがにじんでいる。

うーん、まあ、平民の神官だと思ってた相手から、実は王の息子（庶子だけど）でした！　なんていきなり言われても、そりゃ困るよねえ。今後の対応とか、いろいろ頭が痛いことだろう。魔道具の紋章を確かめた時も、兄上、顔色悪かったし。

「ナーシル殿は、その……、姿変えの魔道具は、もう使わぬおつもりか？」

「そうですね……」

ナーシル様は少し考え、そして言った。

「どちらにせよ、王都を出た後は、この魔道具は捨てようと思っておりました。遅かれ早かれ、姿を偽るのは、止めようと思っていましたし、ええ、もうこの魔道具は使いません」

「えっ⁉」

わたしと兄は、驚いて声を上げた。

「それは……、しかし、その魔道具は王家の……」

「ナーシル様、もったいないですわ！　捨てるくらいなら、売ってしまえば良いのでは？」

わたしの言葉に、王家の魔道具を売るとは何事だ！　と兄が声を荒げたが、大っぴらにされてないだけで、各国王家の魔道具や美術品など、いくらでも売買されている。

「わたくし、そうした表に出せない魔道具も取り扱う商会を存じております。お任せいただければ、高値で売りさばいてみせますわ！」

「おいエリカ、冗談だよな？　え、嘘、ちょ、ちょっとナーシル殿、待ってくれ！」

ナーシル様がわたしに金鎖を渡すのを見て、兄が焦ったような声を上げた。

「エリカ様がお望みなら、こちらの魔道具は差し上げます」

「まあ、よろしいんですの？」

「よろしい訳ないだろ！　待て、ナーシル殿、お願いだから待ってくれ！」

兄は泣かんばかりの顔でナーシル様にすがった。

「た、頼むナーシル殿、それを売るのは、ちょっと……。おいエリカ、おまえも受け取ってるんじゃない！　ナーシル殿に返せ！」

あんまり兄に心労をかけると、ユディト義姉上に叱られてしまうので、わたしは金鎖を素直にナーシル様に返した。

「兄がうるさいので、お返しいたしますわ」

「……そうですか？」

何故か少し残念そうなナーシル様に、わたしは不思議に思って首を傾げた。

「ナーシル様、どうしてもその魔道具を売り払いたいのでしたら、兄の言うことなんて、気になさる必要はないんですのよ」

「いえ、……そうではなく」

ナーシル様は、かすかに赤くなって言った。

「私は、エリカ様に何も贈り物をしたことがなかったので……。私はエリカ様の、こ……婚約者、なので、その……、何か、エリカ様に贈ることができればと……」

「まああ！」

わたしは嬉しさに飛び上がった。

ナーシル様が！　わたしに！　なにか贈りたいって！

婚約者、って噛み噛みしながら言ってるし！

くっ……、可愛い。わたしの婚約者は、何故にこんなに可愛いのか……、神よ、感謝いたします！

突然ひざまずき、敬虔《けいけん》な信者のように祈りはじめるわたしを、兄が不気味そうに見た。

するとどういう訳かレオンもわたしにならい、膝をついてナーシル様を見上げている。

「……なにやってるんだ、レオン？」

こわごわと聞く兄に、レオンが答えた。

「いや、先ほどの話だと、ナルシー殿は国王の息子、つまり王子殿下なんだろ？　王族には、ひざまずいて挨拶しろって、アドが教えてくれたんじゃないか」

レオンの指摘に、わたしも兄も、ポカンと口を開けた。

そ……、そうだった。

忘れてたけど、ナーシル様って、王子様だったんだ！


その後、森の入口で待っていたルカーチ家の馬車に、ナーシル様、わたし、兄、レオンの四人で乗り、屋敷に帰ることになった。兄上たちが乗ってきた馬は、後ほどレオンの家の従僕が回収しに来るらしい。

「父上になんと説明すれば……」

頭が痛そうな兄を、レオンが心配げに見守っている。ご主人さまを気づかう、優しい大型犬って感じ。

わたしも少し、混乱気味だ。いったん、状況を整理しよう、とわたしはナーシル様関連情報について、つらつらと考えてみた。

まず、現国王には、三人の子どもがいる（公的には）。

上から順に、王太子殿下二十五歳、第一王女殿下十八歳、第二王子殿下（ジグモンド様）十八歳。

ここにナーシル様が入ると……。

「ナーシル様、今さらで申し訳ないのですが、おいくつでしたっけ？」

向かい合わせに座るナーシル様に聞くと、

「私ですか？　今年で二十歳になります」

「まあ、わたしより二つ、年上でいらっしゃるのね！」

そうか、二つ年上なのかー。なんだか大人って感じ！　かっこいい！　というのは置いておいて。

ということは、ナーシル様が、まさかの第二王子ということか！

うわあ～……。

公的な第二王子は、ジグモンド様。サディスト逆恨み王子。

本当の第二王子は、ナーシル様。恥ずかしがり屋で優しいわたしの婚約者。

なんか不思議な感じ。

わたしがナーシル様を見ると、ナーシル様が微笑んでわたしを見つめ返した。

「エリカ様？　どうかなさいましたか？」

「いいえ、何でもありませんわ。……ただ、混乱してしまって。今までは、第二王子と聞くだけで気分が悪くなっていたのに、本当は、ナーシル様が第二王子でいらしたわけでしょう？　あんなに第二王子から逃げ回っていたのに、結局はわたし、第二王子殿下と婚約をしていたのだと思うと、なんだかおかしくて」

「エリカ様……」

ナーシル様がわたしの手を取った。わたしもナーシル様の手をぎゅっと握り返し、ナーシル様を見つめる。

「ナーシル様、わたし、ほんとに幸せですわ。ナーシル様の婚約者になれて」

「私も……、私のほうこそ」

ナーシル様が真っ赤になりながらも、一生懸命言ってくれた。

「エリカ様と婚約できて、私がどれほど幸せか、とても言葉では言い表せません。このような気持ちになるなど、考えたこともありませんでした。ずっと一人で生きていくのだと、そう思っていたのに、エリカ様にともに生きてゆきたいと、そうおっしゃっていただけて、どれほど嬉しかったか……」

手を取り合い、見つめ合うわたしたちに、兄が疲れたように言った。

「婚約者同士、仲が良いのは結構なことだが、エリカ、おまえわかっているのか？　これが知れ渡れば、ただではすまぬ。おまえはともかく、ナーシル殿が冒険者として生きてゆくなど、到底無理だ。庶子とはいえ、王家の血を引く王子、しかもその容姿だ。加えてナーシル殿の武力、魔力、どれをとっても王家筋のどの男子より優れている。陛下が公に、ナーシル殿を第二王子として認知されれば、間違いなくナーシル殿の争奪戦が始まるぞ」

「まあ、兄上、わたしがナーシル様を奪われて、大人しくしているとでもお思いですか？」

わたしは、フッと鼻で笑った。

「そのような愚挙に出る輩など、誓って思い知らせてやりますわ。ええ、どなたであっても容赦いたしません」

「そういう意味じゃない！」

兄は額に青筋をたてて怒鳴った。

ナーシル様は嬉しそうに頬を染め、わたしを見ている。可愛い。

「ナーシル殿、冗談ではなく、この事が貴族に知られれば、大騒ぎになるだろう。貴殿はどうされたいと……、いや、そもそも何故、ナーシル殿は神殿から離れようと思われたのだ？　レオンは、神殿にこき使われるのに嫌気がさしたのだろうと言っていたが、それだけではないのだろう？」

「……それについて話せば、私の事情にアドリアン様まで巻き込んでしまうことになりますが」

ナーシル様の静かな返事に、兄は一瞬、うっと怯んだが、

「もうここまで来て、往生際の悪いことは言っていられん。どうせエリカは、何を言ってもナーシル殿との婚約を解消したりはせぬだろうし」

「当たり前ですわ」

「なら、もう私も巻き込まれている。妹が第二王子の婚約者となったのだ。これはルカーチ家の問題でもある」

キリッと兄が宣言したところで、

「あ、アド、ギルドを通り過ぎたぞ！　今日あたり、リリー殿のカードが出来ているのではないか？」

レオンが窓の外を見て、兄の肩を叩いた。

「……そんなものは後で……」

「申し訳ありません、アドリアン様。襲撃についてギルドにも報告をしたいので、寄っていただい

てもよろしいでしょうか？」

「兄上、ナーシル様もこうおっしゃってますし、早くギルドに引き返してください！」

寄ってたかってギルドギルドと合唱された兄は、疲れた顔で御者に引き返すよう、命じたのだった。

すみません、兄上。でも、わたしのカード云々《うんぬん》はともかく、ギルドに襲撃について報告しとかなきゃいけないのもほんとなんで、我慢してください！


エリカ様は、私のために人を殺した。

そうなるのはわかっていたのに、止められなかった。

エリカ様は、私に何と言われようが、私を見捨てて一人で逃げ出すようなことはなさらない。

だから、私がエリカ様をお守りしなければならなかったのに、それが出来なかった。

最後の兵士を殺し、エリカ様に駆け寄ろうとしたその瞬間、エリカ様はあざやかな手つきで魔術師の喉を掻き切っていた。

エリカ様の瞳は、輝いていた。怒りに燃え、闇の中の炎のように、眩《まばゆ》くきらめいていた。

なんと美しい人だろう。

私の胸は刺されたように痛み、言葉にできぬ苦痛と喜びが心を支配した。

エリカ様は、決してこの事を忘れないだろう。

初めて人を殺した時の恐怖と嫌悪は、その後どれだけ人を殺そうが、決して薄れず、消えもしない。生涯、心を蝕《むしば》むのだ。

私はずっと、エリカ様の心の中に残ることができる。それが嬉しくてたまらず、同時にまた、苦しかった。

どうして私はこうなのだろう。

初めて愛した方を、幸せにすることもできない。それどころか、貴族令嬢として何不自由ない生活を送られていたエリカ様に、人殺しまでさせてしまった。

あなたが殺したのではない、と私は必死に言った。

もう遅いのに。きっとエリカ様も気づいている。何の意味もない慰めに、呆れて腹を立てていらっしゃるかもしれない。

エリカ様を見ることもできなかった。

こんな風にしたいのではない。エリカ様を守りたかったのに、できなかった。しかも、それを私は喜んでいた。エリカ様が苦しみ、心に傷を負ったことがわかっているのに、それを嬉しく思っていた。

これでエリカ様は、私のことを忘れない。そう歓喜する自分に、吐き気がした。

「その魔術師は……、わたしたち、二人で殺したのです」

エリカ様の言葉に、私は驚いてエリカ様を見た。

エリカ様は、私をまっすぐに見つめ、優しくおっしゃった。

「わたしたち、戦って、お互いを守ったんです。……わたし、ナーシル様を守れて、嬉しいです。

これからも、こんな事があったら……、わたしは迷わず、同じことをします」

私は自分を抑えられず、エリカ様を抱きしめた。

どうしてそんなに優しくしてくださるのだろう。

私は、エリカ様を守ることができなかった。人殺しまで、させてしまったのに。

もう、エリカ様を騙すのは嫌だ。

たとえ失望され、罵られ嫌われても、これ以上、偽りの姿ではいたくない。もうどうなってもいい。エリカ様になら、殺されてもかまわない。

私は十歳の頃から身に着けていた、母の形見の魔道具を取り去り、本当の姿をエリカ様にさらした。


もう、これで終わりだ。

何もかも、失ってしまった。でも、最後にエリカ様に本当の姿を知ってもらえて、少しだけ嬉しい。少なくとも一つだけ、偽りではない、真実を伝えることができた。それだけで、もう、満足だ。

と思っていたら、エリカ様は「ナーシル様が、何か隠してたことはわかってましたから。それに、そのお姿も、一瞬ですけど、何度か目にしましたし」と淡々とおっしゃった。

そう言えば、この魔道具は、心の強い者、純粋な者には、効力がおよばぬと聞いていた。そんな者には、十歳の頃から一度もお目にかかったことがないので、すっかり忘れていたが。

そうか……、だが、考えてみれば、当たり前かもしれぬ。

エリカ様は、私の知る限り、誰より心が強く、清らかで、美しい。

女神のような方なのだから。

わたしのギルドカードは、もう出来上がっていた。

が、わたしはまだ、カード代銀貨三枚を稼いでいない。

本当は今日、残り二枚分の獲物を仕留めるつもりだったのだが、襲撃犯のせいで狩りをすることができなかったのだ。

……かえすがえすも恨めしい。あのサディスト王子め。

あいつが余計なことしやがったせいで、わたしのギルドカードが！

歯噛みするわたしに気づき、ナーシル様が不思議そうに言った。

「エリカ様？　どうかされましたか？」

「あ、いえ何でも。……ナーシル様、報告は無事、お済みになりましたの？」

「ええ」

ナーシル様は優しく笑い、それから重そうな革袋をわたしに差し出した。

「エリカ様、これをどうぞ」

「これは……？」

「あの魔術師は、どうやらお尋ね者だったようです。南方で詐欺や傷害事件を起こし、行方をくらましていた為、ギルドに賞金をかけられていました」

と、言うことは。

「これは、その賞金……？」

「はい」

「ちなみに金額は……」

「金貨二十枚です」

金貨二十枚⁉

わたしは驚き、手渡された革袋を見た。

え、えと、銀貨十枚で金貨一枚分になるから、ギルドカード六十六枚作ってもおつりが来る！

いやギルドカードは一枚でいいんだけど！

やった！　……と喜んだすぐ後、何とも言えない気持ちになった。

これ、人間一人を殺した金額なんだな……。

立場を変えて考えてみると、もしナーシル様が殺されてたら、あの魔術師たちが、ジグモンド王子から報酬をもらっていただろう。

わたしと魔術師は、立ち位置が違うだけで、やってる事は一緒なんだ。

大義や信条なんて、関係ない。力や頭がより優れた方が、生き残る。冒険者になるとは、そういう事なんだ。

まあ、冒険者にも、賞金首専門、採取系、護衛といろいろあるから、一概には言えないだろうけど。

とりあえず、

「じゃあ、このお金は、半分いただきますわ」

わたしは、にっこり笑って言った。

「だってわたしたち、二人で殺したんですもの！」

「エリカ様」

ナーシル様は目をみはり、そして苦笑した。

いや、お金の問題は、夫婦でもきちんとしとかないとね。きゃー、夫婦だって！　やだもー！

照れるわたしの後ろで、兄が「え、二人で殺した⁉」と驚いているが、見なかったことにして受付へ直行。

「ギルドカードをください！」

意気揚々と金貨を出し、おつりと共にギルドカードを受け取る。

わたしは念のため、残りの金貨もすべて、ギルドに預けることにした。

えーと、そこそこ設備の整った宿に一泊するには、たしか銀貨五枚程度が必要なはず。ということは、この残りの金貨九枚あれば、半月以上、宿に泊まれる計算になる。

おお、予想より、ずっとわたしの冒険者生活、順調そう！

サディスト逆恨み王子なんて、その存在に何の意味が？　と思ってたけど、いやいや、とんでもない！

王子の逆恨みは、めぐりめぐって、わたしの新生活応援資金へと変化した。

なんだって王子が賞金首なんかと繋がってたのかって疑問は残るけど、おかげで一気に懐が温かくなったわけだし、気にしない！

喜ぶわたしの横で、レオンが満足そうに頷いていた。

「やはり、リリー殿は冒険者に向いている。きっとすぐ、その名を大陸中に轟《とどろ》かせることになるだろう」

えー、そうかな、そうかな？　今回、賞金をもらえたのは、ナーシル様が助けてくれたおかげ九割、実力一割って感じなんだけど。

まあ、これからだよね！　わたしは今日、ギルドカードをもらったばかりの、冒険者なりたて状態なわけだし！　がんばるぞ、うん！

気合を入れるわたしの後ろで、兄が複雑そうな表情でつぶやいた。

「エリカが、冒険者に……」

あー、ごめん、兄上。

妹が平民に身分を落とし、しかも冒険者になるなんて、想像もしてなかっただろうな。

両親は冒険者としてのわたしに投資してくれたから、何がしかの利用価値を見出しているんだろうけど、兄はそうではなさそうだ。

わたしは、慰めるように兄の肩をぽんぽん叩いて言った。

「兄上。わたし、きっと将来、兄上の政敵を暗殺できるほど、優れた冒険者になってみせます！」

「ならんでいい！」

兄がぎょっとしたように言った。

はは、冗談、冗談ですよ。

まあ、本気で兄が悩むほどの政敵なら……、うん、要相談ということで。

僕はイライラと窓の外を睨み、意味もなく部屋の中を歩き回った。

小姓が部屋の隅で身を縮め、僕の気に障らぬよう息をひそめている様子に、余計イラつく。

この無能者が。一時の憂さ晴らしに、鞭で打つ等して楽しむ以外、何の使い道もない。

ああ、苛々《いらいら》する。第二王子という尊い身分である僕が、目をつけた玩具に逃げられるとは。

いや、あの女は、もうすぐ手に入る。身の程知らずにも僕を袖にした代償は、じきにその身で支払ってもらおう。

僕はその瞬間を想像し、頬をゆるめた。

殺しはしない。ただ、じわじわと苦しめ、いたぶり、苦痛に涙を流させるだけだ。あの勝気そうな瞳が涙を浮かべ、這いつくばって許しを乞う姿を見るのは、どれほどの喜びだろう。

もうすぐだ。もうすぐ、僕はあの生意気な女を手に入れることができる。

エリカ・ルカーチ。

由緒あるルカーチ家の令嬢でありながら、ちっとも貴族らしくない、風変わりな娘だ。

僕が小姓を鞭打って楽しんでいるのを見ても、悲鳴を上げて逃げ出したりしない。それどころか、倒れた小姓の手当をし、医務室にまで運んでいった。

エリカを手伝った少女ですら、恐怖に震えて「教師に伝えて、わたしたちはもう、ここから離れたほうがいい」と訴えていたのに、それを宥《なだ》めすかし、小姓を助けた。

なぜ小姓のような、つまらぬ卑しい存在を、そこまでして助けようとするのか。

僕には、さっぱり理解できない。まさか、貴族の義務とやらを守っているわけでもないだろうに。

それからというもの、僕は、エリカ・ルカーチの貴族としてはいささか型破りな行動から、目が離せなくなった。

とにかく、あの女は面白い。

子ども時代を領地で過ごしたせいで、貴族として物知らずなだけかと思ったが、あのベレーニ家の跡継ぎを己の手の内に取り込むほどの手腕もある。

血まみれの小姓に動じない度胸があり、大商会ベレーニ家と親しく付き合う打算も持ち合わせている。それなら、僕の申し出にも、喜んで飛びつくだろう。

そう思って側室の話を持ちかけたのだが、エリカは一瞬の躊躇《ちゅうちょ》もなく、すぐさまそれを断った。

こちらの気を引き、条件を引き上げるつもりかとも思ったが、どうやらそうではないようだ。

僕以上の好条件を、いったいどんな奴が提示したというのだ？

僕は躍起になってルカーチ家周辺を探ったが、有力な情報はさっぱり出てこない。

が、ある時、エリカの兄、アドリアンの親友である、レオン・バルタの存在が急浮上してきた。

レオン・バルタ。男爵家の跡取りという低い身分、魔力を一切持たぬ卑しい血筋でありながら、何故か騎士団長のみならず、王太子にまで気に入られている騎士だ。

なるほど、たしかに見た目は悪くない。

だが、レオン・バルタに関する調書には、すべて同じ記述があった。いわく、『人の名前を覚えることができない』、『退学すれすれの学業成績』。

バルタ男爵家の長男は、脳みそまで筋肉でできた阿呆のようだ。まあ、所詮は男爵家、しかも先代までは無爵の成り上がり。称号は貴族だが、中身は平民のようなものだ。

僕は、こんな男と比べられ、あげく袖にされたのか？

僕のどこが、レオン・バルタに劣るというのだ？

どうしても納得がいかず、さらに調べをすすめさせたところ、驚くべき事実が明らかになった。

なんとエリカは、平民、それも白豚神官と揶揄される、醜く卑しい一介の神官と、婚約を結んだというのだ。

バカな。何故そんな、ふざけた真似を。

僕は混乱し、ついで怒りを覚えた。

よくも、このような仕打ちをしてくれたな。僕の申し出を蹴り、一介の神官、それも白豚と呼ばれるほど醜い男と婚約するなど。僕が、その醜い白豚神官にさえ、劣るとでも言いたいのか。これが知れ渡れば、僕はいい面の皮だ。くそ！

僕は荒れ狂う心のまま、小姓を殴り、メイドを蹴りつけ、しまいには泣き言も言えなくなるまで痛めつけてやった。

これが父上の耳に入ればどうなるかなど、もうどうでも良かった。

どうせ僕は、生まれた時から父上には疎まれている。元々あった嫌悪がさらに大きくなったところで、何の問題があろう。

どうせ僕は、誰にも愛されない。ならばいっそ、とことん憎まれてやろう。

僕は、誰も僕を無視できぬほど、強大な力を手に入れてみせる。エリカも、父上も、皆、僕を恐れるほどに。

そうして、僕は、今までなら見向きもしなかったであろう、バルトス男爵家との婚姻を決めた。

バルトス男爵は、まだ八歳の娘を僕に差し出すことに、何のためらいも覚えないようだ。卑しい下衆だが、こういった手合いは、利益が得られる内は、決して相手を裏切らぬ。

僕はバルトス男爵を通じ、表に出られぬ無法者たちとの繋がりを得た。

ちょうどいい。この最低の下衆を使って、同じ下衆を始末してやろう。

目の前で婚約者を殺されれば、さすがにエリカも泣くだろうか？　傷つき、僕にすがってくるだろうか。

僕は乾いた笑い声を上げた。

ああ、その時が待ち遠しい。できればエリカの婚約者をこの手で殺してやりたかったが、まあ贅沢は言わないでおこう。

傷つき、恐怖に囚われたエリカを手に入れられると思うと、すべての屈辱、怒りが消えていくようだ。

……それにしても遅い。

白豚を殺したら、すぐに戻って報告するように、と魔術師たちに念を押したのに、あの下衆どもめ、どこぞで酒でも飲んでいるのではないだろうな。

僕は、期待と少しの怒りを持って、窓の外をもう一度見た。

魔術師たちはまだ来ない。いつまで僕を待たせるつもりだ。

その時、慌てたように扉を叩く音が聞こえた。

誰何《すいか》すると、バルトス男爵が僕に面会を求めていると言う。

まったく、やはり男爵など、平民と大して変わらんな。貴人に面会するのに、前もって先触れを寄越す程度の礼儀も持ちあわせていないのか。

僕は大きくため息をついたが、男爵への面会を許可した。

バルトス男爵は、まだ利用できる。なにか儲け話を持ってきたのかも知れぬし、話を聞くくらいはしてやってもいいだろう。

「で……、殿下」

転がるようにして部屋に入ってきた男爵は、髪が乱れ、汗だくの見苦しい様子をしていた。

僕は顔をしかめた。

こやつ、王族に会うために、身なりを整えることすらできんのか。こんな礼儀知らずと姻戚になるなど、やはり早まっただろうか。

「殿下、大変なことになりました」

しかし、バルトス男爵は、僕の嫌悪の表情にも気づかず、口から泡を飛ばして言った。

「ま、魔術師たちは、全員殺され、届け出が……、ギルドと、王都の警備隊両方へ、届け出が出されてしまいました。し、しかも、警備隊へ報告したのは、アドリアン・ルカーチ。あのルカーチ伯爵家、次期当主が、直々に訴え出たというのです！」

なんだと！

五章　『第二王子の陰謀』

まだ、前の神官長がご存命の頃だった。

私は神殿で、ある一人の神官に声をかけられた。

その神官は貴族出身のせいか気位が高く、平民を見下しており、陰で私のことを、醜く卑しい白豚と口を極めて罵っていた。

その通りだと自分自身、思っていたので、さして気に留めてはいなかったが、なぜ彼が、見るのも目の汚れだとまで評した私に、わざわざ声をかけたのだろう、と少し驚いた。

彼は私に、こう告げた。

「君の力を、もっと有効に使おうとは思わんかね？　君の力を存分にふるえば、いくらでも金が稼げる。君の才能を、神殿に埋もれさせるのは惜しい。外へ出て、自分の力を試してみる気はないかね？」

私はそれを聞いた時、ああ、なるほどと納得した。

最近、神殿で妙な動きがあることは承知していた。

神官長は戦争に反対の立場を取られていたため、国から神官を戦地に派遣するよう要請されても、それを頑として撥ねつけていたが、自ら志願して戦地に赴く神官が、不自然に増加していたのだ。

この男が、その斡旋をしていたのか。

若く貧乏な神官たちをうまく言いくるめ、戦地に送り込んで儲けていたわけか。

神官としてあるまじき行為に虫唾が走ったが、同時に、いい機会だと私は思った。

私は幸い、剣技に優れ、戦地で必要とされる治癒魔法も使える。彼の話に乗ったふりをして、このたくらみを暴き、神殿に巣くう彼の仲間を一掃するため、証拠を手に入れようと考えたのだ。

私は神官長に相談せず、志願兵として戦地へ赴いた。下手に神官長に接触して、あやしまれるのを避けるためだ。

当時、私はまだ十六歳で自分の力を過信していた。通常より三年早く神官見習いから神官となった私は、神官長の手をわずらわせずとも自分一人で解決できると考えたのだ。何より私は、神官長の恩に報いたかった。見返りを求めず母と私を守ってくれた、神官長のお役に立ちたかったのだ。

だが、今となっては後悔している。

私が戦地に送られて一月《ひとつき》後、神官長が亡くなられたとの知らせが、神殿から届いたのだ。

知らせを受け、私はすぐ神殿に戻ろうとした。

が、逆に戦地に足止めされたうえ、味方だったはずの兵士に不意をつかれて斬りつけられ、生死の境をさまよう大怪我を負うはめとなった。

だが、その裏切りのおかげでわかったことがある。

――神官長は、暗殺されたのだ。

だから神官長の子飼いである私を警戒し、神殿に戻れぬよう、兵士に殺害させて戦死を偽装しようとしたのだ。

だが、誰がそこまで？

神官長は、宗教界の頂点に座していたにもかかわらず、決して弱者からの搾取を許そうとはしなかった。確かにその考え方は素晴らしく、立派なものだとは思うが、現実とあまりに乖離《かいり》している。有象無象が、神官長の首をすげ替えたいと思っていただろう。

だが、神殿の最高権力者である神官長の殺害に関わったとなれば、たとえ王族とて極刑は免れない。そのリスクを冒してまで、神官長を殺したいと思い、なおかつ実行に移せるほどの力を持った者は、いったい誰なのだ？

私は必死になって、神官長殺しの犯人を探した。

その結果、恐ろしい事実にたどり着いた。

第二王子、ジグモンド・コバス。

神官長を殺害したのは、こともあろうに当時わずか十四歳の、この国の王族だったのだ。

第二王子は有力な後ろ盾も持たぬ、側室腹の王子だ。現国王にも疎まれていて、次期王となる可能性は低い。

だが彼は、商才に長《た》けていたようだ。国内のあちこちに紛争の種をばら撒き、そこで火の手があがればいち早く武器を売りつけ、肉壁となる奴隷を手配した。

王に顧みられぬ側室の息子になど、さして予算は割かれない。母方の実家であるロストーツィ侯爵家は裕福だが、王の寵愛を得られぬバルバラとその息子であるジグモンド王子への援助はなきに等しかったようだ。第二王子が動かせる資産は、母バルバラの持参金のみだったと思われる。だが第二王子は、奴隷売買という不法行為によってではあるが、己の才覚一つで莫大な富を築いた。高価な宝飾品を身につけ、第一王子にも劣らぬ衣服を纏う第二王子を不審に思い、まともな貴族や役人は彼に近寄らぬようになっていた。

やがて第二王子は、神殿にも目をつけた。神官たちは、奴隷よりははるかに戦士として優れており、しかも死んだところでうるさく文句をつける者もいない。神官は名目上、俗世と縁を切っているからだ。

彼は積極的に神官を戦地に送り込むため、自分の手の者を神殿にもぐり込ませた。人身売買まがいの手口で、若手の神官を商品のように売り買いしていたのだ。

恐らく、神官長はこの事実に気づいたのだろう。

あの方のことだ、正面切って第二王子を問いただしたに違いない。自分の身が危険にさらされていることを承知しながら、誰にも告げず、ただ一人で第二王子と対峙した。

そして、あっさり殺されてしまった。

第二王子にとって、神官長の殺害など、赤子の手をひねるようなものだったろう。

第二王子ジグモンド・コバス。私の弟。

同じ父を持ち、また、母は腹違いの姉妹。兄弟にして、従弟《いとこ》でもある。

その彼が、私の育ての親である神官長を殺害した。

彼はどのように宮廷で育ち、そして王族という尊い身でありながら、なぜ犯罪に手を染めるようになったのだろう。

彼の犯した罪はあまりに大きく、それは国家反逆罪にさえ問われかねないものだ。俗世と関わりを持たぬという誓約に縛られた神官のままでは、訴えを起こすことすら難しい。

そのため、私は還俗することにした。

血を分けた弟を告発するため、その犯罪を明らかにするために、私は神殿を離れることを決意したのだ。

「それは……」

ナーシル様が語り終わると、兄は青ざめた表情で呻くように言った

「それでは、ジグモンド王子が、前神官長の殺害に関与していたと言うのか。王族が、神官長を……」

屋敷に戻ってすぐ、兄はわたしとナーシル様を父ルドルフの私室へ連れて行き、父に簡単に事情を説明した。

父はすでにある程度状況を把握していたようで、すぐに部屋から人払いをした。

ナーシル様と向かい合わせのソファに座った父は、ナーシル様の人間離れした美貌にも動じる様子はなかったが、何か思うところがあったのか、しげしげとナーシル様の顔を見ていた。

そして簡単に挨拶を済ませた後、くだんの前神官長の殺害について、ナーシル様が語ったわけなのだが。

……正直、ナーシル様が還俗した理由が、これほど大がかりな犯罪と結びついているとは、思ってもいなかった。

ナーシル様が神殿を離れようとした本当の理由は何なのか、わたしなりに色々推理していたのだが、まさかこんな、国家的犯罪を明らかにするためだったとは。

せいぜいが、母親側の縁者を探したいとか、禁欲生活から解放されてラブラブハッピーな生活を送りたいとか、そういう理由かと思っていた。……いや、後者は単にわたしの希望だが。

「ナーシル殿、それは、大変な告発になる。下手をすれば、王家が瓦解《がかい》しかねんほどの……」

「わかっております」

ナーシル様は静かに言った。

「ですから、事を公にする前に、現国王に話を通そうと考えました」

ナーシル様の言葉に、兄が目を剥いた。だが父は、どこか面白がるような表情でナーシル様を見ている。

やだなあ、わたしはともかく、ナーシル様まで父上に利用されたくないんだけど。

「こ……、国王陛下に、どうやってお会いすると」

「この魔道具を」

ナーシル様は、あの華奢な金鎖を取り出した。

「ほう、これはまた」

父は、感心したような目でナーシル様の手にある魔道具を見た。

「なかなか良くできた魔道具のようですな。拝見させていただいても？」

「どうぞ」

ナーシル様に手渡された金鎖を、父はためつすがめつ眺めてから、ふむ、と頷いた。

「この魔道具には、見覚えがあります。王家の宝物殿に収められていたものですな。たしか所有者は、現国王ローランド様であったかと」

「ええ。陛下が、母に下賜《かし》された品です」

「それは、いつ頃？」

「母が宮廷からお暇をいただいた時に」

物は言いよう。お暇ってか、命からがら逃げ出されたんだよね、エレノア様は。

父は頷き、言った。

「さようでしたな……、覚えております。ナーシル様のご生母は、ロストーツィ侯爵家のご令嬢、エレノア様でしたか」

わたしはぎょっとして父を見た。

なんでそれを。

「エレノア様の美貌は、当時、宮廷で知らぬ者はおらぬほどでしたからな。ナーシル様は、まことエレノア様に生き写しでいらっしゃる。……陛下がお知りになれば、どれほど喜ばれることか」

言うなり、父はソファから体を起こし、ナーシル様の前にひざまずいた。

うわあ、父上までレオンと同じようなことしてる。

ちらっと横を見ると、兄もわたしと同じくドン引きしているのがわかった。兄妹の絆を感じる。

「ナーシル殿下、改めてご挨拶申し上げます」

父はわたしたちのドン引き視線にも怯むことなく、ナーシル様を見上げて言った。

「尊い御身に拝顔の栄を賜り、恐悦の至りでございます。また殿下におかれましては、愚女、エリカとの婚儀を望まれているとのこと、我がルカーチ家にとりましても、この上なき栄誉と存じます」

あー？

平民と結婚するなら絶縁とか言ってたくせに、ナーシル様が王族とわかるなり、この清々《すがすが》しいほどの手の平返しっぷり。さすが父上。貴族の鑑。

父がさりげなく視線をずらし、兄を見やった。

父からの圧を感じたのか、兄アドリアンも重い腰を上げ、ナーシル様の前にひざまずいた。

ぷぷ、兄上、きまり悪そう〜。面白〜い。

ニヤニヤするわたしを、兄が横目で睨みつけた。思いっきり顔に「覚えてろ」と書いてある……。

やだなー、兄上、わたしたち、仲良し兄妹じゃないですか！　ちょっと面白がったくらいでそんな……、うぷぷ、ふはは、やっぱ面白い〜、腹筋痛い〜！

わたしと兄を、何故かナーシル様がほのぼのとした眼差しで見つめていた。

慈愛に満ちたナーシル様、ちょっと女神っぽい。

拝んだらご利益ありそう。わたしもちょっと、ひざまずいて祈ってみようかな。

「前の神官長様は、ナーシル様のことをたいそう気にかけて下さっていたのですね」

さっそく王宮へと向かうルドルフ様とアドリアン様を見送った後、エリカ様が優しく私に声をかけてくださった。

「ナーシル様がどれほど神官長様を慕わしく思っておられるのか、よくわかりましたわ」

「ええ……、前の神官長は、私にとって父親のような存在でした」

私は微笑みながらエリカ様に言った。

もう、エリカ様に嘘を言わなくてすむ。本当のことだけを愛する人に伝えられる喜びで、私は自然に微笑んでいた。

神官長は、母がまだ王宮にいた頃から、異母姉バルバラ様からの執拗な嫌がらせに苦しむ母を、何くれとなく気遣ってくれていたそうだ。母は王宮ではほぼ孤立無援の状態だった為、どこにも居場所がなく、いつも王宮の祈りの間で泣いていたそうだが、それを見た神官長が哀れに思ってくれたらしい。

母は恋人である陛下より、よほど神官長を頼りにしていた。王宮から逃げ出した際も、真っ先に頼ったのは神官長のいる中央神殿だった。神官長はその信頼に応え、母と私をバルバラ様から隠し、守り通してくれた。

母が亡くなった時も、私に魔力があったため怪しまれることなく神殿に引き取ることができたが、もし私に魔力がなくとも、神官長ならきっとどうにかして私を神殿に引き取ってくれただろう。そう確信できるくらい、神官長は責任感が強く、慈愛に満ちたお方だった。

もし私自身に何か良いところがあるとするなら、それはすべて神官長が私に与えてくれたものだ。

「……私は王宮ではなく神殿で育ちましたが、それを残念に思ったことは一度もありません。神官長ほどお優しく誠実な、範とすべき方はどこにもいらっしゃいません」

言い切ってから、私はエリカ様に気づき、慌てて謝った。

「あ、す、すみません、もちろん、ルドルフ様は別です。きっとエリカ様にとっても、ルドルフ様はかけがえのない、手本とすべきご立派なお方であろうと思います」

「え、いや……まあ、うん、そうですね、父は貴族のお手本だと思っております」

ふふ、と優しく微笑むエリカ様に、私も嬉しくなって微笑み返した。きっとエリカ様も、私と同じく父親を誇りに思っておられるに違いない。

まあ実際のところ、私の血のつながった父親は、現国王ローランド様なのだが。しかし神官長とは違い、彼に対してはあまり、尊敬や誇りなどの感情を持てない。母からして、ローランド様については「とてもお美しくて、無邪気なお方」としか言わなかったしな……。母の扱いをみてもわかるが、国王は心のままに無邪気に行動されるが、その責任を取ろうとはなさらなかったようだ。男として、あまり尊敬できない。

「ナーシル様、神官長様との思い出を教えていただけますか？　わたし、ナーシル様の子どもの頃のお話をお聞きしたいですわ」

「エリカ様がお望みなら、喜んで」

私はドキドキしながら頷いた。

エリカ様は、私の幼少時代についてお知りになりたいのか。そういえば以前も、似たような事をおっしゃっていたな……。エリカ様は、私に興味を持って下さっているようだ。嬉しい。

何を話そう。神官長には、料理だけでなく編み物や裁縫についても教えていただいたのだが、その思い出をお話ししようか。エリカ様がお望みなら、何か作って差し上げたい。受け取っていただけるだろうか。

エリカ様と一緒にいると、全身が熱くなって、頭の奥がぼうっと痺《しび》れて、なんだか自分が自分でなくなるような、不思議な心地がする。書物で読んだことしかないが、ひょっとしてこれが恋というものなのだろうか。

ああ、今こそ神官長にお聞きしたいことがたくさんあるのに。今ここに、神官長にいらしていただきたかった。もっと、長生きしていただきたかった……。


父は、ルカーチ家を挙げてナーシル様を保護すると決めたようで、現在、ナーシル様は屋敷の貴賓室に滞在している。

国王陛下への謁見も極秘に取りつけたらしく、そのとばっちりで、兄がすごく忙しそうだ。

わたしは今、屋敷から学園に通っているため、毎朝ナーシル様と挨拶を交わし、朝食をとり、お休み前に、もう一度挨拶を交わす生活を送っている。

「学園では、何も問題はありませんか」

「ええ、第一王女殿下に守っていただいていますし、危険なことはありませんわ」

毎日ナーシル様は、わたしを心配して同じ質問をしてくる。

ジグモンド王子は、あの襲撃の後、ずっと学園を休んでいる。

王子がどういう行動に出るかはわからないが、たとえ王子が破れかぶれになってわたしを襲ってくるとしても、さすがに学園でってことはないだろ、とは思う。

が、ナーシル様に心配してもらえるのは嬉しいので、毎日同じ質問されても、まったく問題はない。

ていうか、内心、もっと心配して、もっとかまってかまって～！　状態なので、自分の魔力量がジグモンド王子より多いとか、攻撃魔法ならたぶん王子よりわたしのほうが強いとか、そういう事実は伏せておく。

ナーシル様は心配そうに眉を下げてわたしを見た。憂い顔も美しい。眼福《がんぷく》です。

「私がお側にいて、お守りできればいいのですが……」

「わたしもナーシル様がいて下されば心強いですけど、さすがに学園に来ていただくわけにはいきませんし」

しかたないですね、と肩をすくめるわたしを、ナーシル様がじっと見つめた。

「……よろしければ、私が護身術をお教えしたいと思うのですが」

「まあ」

わたしは少し驚き、ナーシル様を見上げた。

お教えしたいって、それって二人きりで？

まあ、あの恥ずかしがり屋さんが、こんな積極的に誘ってくださるなんて、嬉しいです！

ウキウキしながら、兄に見つからないよう私室にナーシル様を引っ張りこむと、

「それではまず、人間の急所から説明いたします」

ナーシル様はキリッとした表情で、人体の構造から説明をはじめた。

あ、そうなんだ……。ほんとに真面目なお誘いだったのね……。

こんな心汚れたわたしが、どうしてあの金鎖の魔道具の力を無効化できたんだろう。我ながら不

思議です。

ナーシル先生に鍛えられ、だいぶ白兵戦の技術が向上した頃、父と兄に付き添われ、ナーシル様が王宮へ上がることとなった。

当然、極秘に準備を進めなければならないため、ナーシル様の身支度は事情を知るわたしと兄の二人で行うことになった。

兄の部屋で、あれこれ言い合いながら、ナーシル様を着飾らせてゆく。

「剣帯を付けますの？　ナーシル様は両刃斧を使われますけど」

「どちらにせよ、控室で武器は没収される。どうせ使えぬなら、見栄えのいい細剣のほうがいいだろ？」

あーだこーだ言いながら、ナーシル様に両手を上げさせたり、くるっと回らせてみたり、何を要求しても、ナーシル様は大人しく言いなりになっている。

ナーシル様って我慢強い。わたしだったらとっくにキレて、もうドレスなんて着ない！　とか叫んでるだろうし、兄だったら、もう勘弁してくれ！　とか言って泣いてるだろう。

されるがままのナーシル様に、わたしはだんだん楽しくなってきた。

極上の着せ替え人形で遊んでいるみたい。しかも、銀髪に紫の瞳、という自分にはない華やかな色味で遊べるのが、とてもいい。

「ナーシル様、髪を編んでもよろしくて？」

「ええ、どうぞ」

ナーシル様、ほんとにまったく嫌がらない。もしわたしに奇天烈《きてれつ》な髪型にされたらどうするつもりなんだ。他人事ながら、この大人しさは心配になるレベル。

「……ナーシル殿、嫌なら断ってもいいんだぞ」

兄が心配そうに言う。

そうか、兄もナーシル様の素直さを心配してるのか……。いつの間にかナーシル様は、レオンと同じく、兄の中の「面倒みてあげなきゃいけない枠」に入っているらしい。

「いえ、その……、エリカ様に、あの、触れていただくのは……、その、とても嬉しいので……」

真っ赤になりながら、小さな声で告げるナーシル様。

ああ！　婚約者が可愛すぎてつらい！

わたしは唇を噛みしめながら、ナーシル様のサイドの髪を細かい三つ編みに編み込んで、後ろで一つに束ねた。

「兄上、リボン！」

すかさず渡された紫色の別珍《べっちん》のリボンで、慎重に髪を飾る。三つ編み側に、わざと長めに残したリボンをたらし、完成！

「最高ですわ、お美しいですわナーシル様！」

「うむ、なかなかの出来だ。やったな、エリカ！」

兄と二人で、きゃっきゃしながらナーシル様を褒めたたえる。

やー、ほんと、これは人間界に舞い降りた美神！

黒いマント、黒地に紫の刺繍がほどこされたサーコート、と暗めな色合いでまとめたにもかかわらず、ちっとも地味に見えない。

逆に、銀髪に紫色の瞳という派手目な色が効果的に映え、とてもきらきらしい仕上がりになっている。

衣装を選んだ母上、さすがです、素晴らしいです！

ナーシル様は照れたように頬を染め、わたしを見た。

「ありがとうございます……、エリカ様とアドリアン様のおかげです」

美神に頭を下げられる。恐れ多いです、神よ！

父が部屋に入ってきて、そろそろ時間だとわたしたちに告げた。

「父上！　いかがですか、ナーシル様は！　とてもお美しいでしょう！」

わたしがふんぞり返って自慢すると、

「うむ」

父はさっとナーシル様の前にひざまずき、その手をとって頭《こうべ》を垂れた。

「ナーシル殿下。月の精霊もかくやというお美しさ、まこと、御身をお守りできる栄誉に心震える思いです」

うーん。

立て板に水の褒め言葉に、わたしは少し顔をしかめた。

たしかに父上の言う通り、月の精霊みたいだって、わたしもそう思うけど。

父上が言うと、まるで安い口説き文句みたいで、なんだかなあ……。

貴族らしい口達者って、必ずしもいい事ではないんだな。心からの褒め言葉も、どこかウソくさく聞こえてしまう。

隣で微妙な顔をしている兄も、おそらく同じことを思っているのではなかろうか。

とにかく、わたしの大切なナーシル様を、よろしく頼みますよ、二人とも！


父の手回しにより、極秘に行われた王とナーシル様の謁見は、成功裏《り》に終わった。

かつて愛した女性の忘れ形見との邂逅《かいこう》、というロマンチックな成り行きに、国王陛下はたいそう心動かされたらしい。

兄によれば、陛下はナーシル様の手を握り、涙ながらに已の不甲斐なさを詫びたそうだ。

泣くくらいなら、最初からきちんとエレノア様を守ってあげてればいいのに……という感想は、心の中にしまっておく。

「良かったですわね、ナーシル様」

ナーシル様の滞在している貴賓室でお茶を飲みながら、ナーシル様、兄、私の三人でまったり歓談中だ。

どうでもいいが、この茶器、ウチで一番上等なヤツじゃないですか。父上、ほんとに気合入れてナーシル様を接待してるなあ。

「ええ。おかげで私の訴えも、予想以上にすんなり通していただけました」

ナーシル様は、常と変わらぬ穏やかな表情で言った。

うーむ。

生まれて初めて父親（それも国王というこの国一番の権力者）に会えたというのに、だいぶ落ち着いてますね。

わたしの物言いたげな視線に気づいたのか、ナーシル様は苦笑して言った。

「私は薄情なのかもしれませんね。陛下が涙を流されるのを見ても、特別どうとも感じなかったのです。……もちろん、ありがたいと感謝いたしましたが」

「いや、まあ、それは仕方のないことではないか」

兄が気まずそうにフォローした。

「親子と言っても、今まで一度もお会いしたこともなく、お言葉をいただいたこともない、いわば想像上の人物とお会いしたわけなのだから。いきなり親子の情があふれ出てくるような、そんなことになったら、そちらのほうがおかしいと思うが」

「え、でも陛下は号泣されてたんでしょ？」

わたしのツッコミに、兄はうっと言葉に詰まった。

「陛下はその……、あれだ、ずっとエレノア様を想いつづけていらしたのだろう。だからエレノア様に生き写しのナーシル殿をご覧になって、思わず涙を流されたのでは」

そんなに想いつづけていたのなら、なぜ最初から（以下略）。

「……これで、やっと神官長の無念を晴らせます」

テーブルにお茶を置き、ナーシル様が静かに言った。

な、なんかナーシル様から、めらめら炎が立ち上って見えるぞ。

「ジグモンド王子は王籍を剥奪《はくだつ》され、王子と通じ、違法に戦地へ神官や奴隷を送り込んでいた者も、相応の処罰を受けるでしょう」

「……だが、その罪は公にはされない。王子もそうだが、王子の手の者も、貴族は表立って裁かれることにはならないが……」

兄は渋い表情で言った。

ジグモンド王子をはじめ、犯罪に関わった貴族は、その身分を考慮して公に裁かれることはなく、王により身分剥奪や財産没収などの処罰を下されるだけだそうだ。まあ、貴族の恐るべき情報収集力を思えば、処罰理由なんてあっという間に広まってしまうだろうが。

「かまいません」

ナーシル様は薄く笑った。

「身分と財産を失った貴族は、もう何もできないでしょう。元々、貴族の特権を利用した犯罪ですから。それを取り上げられた彼らに、己の才覚のみで何事か成せるとは思えません」

ナーシル様、こんな顔もできるんだなあ、とわたしはちょっと新鮮な気持ちになった。

酷薄そうで、冷ややかな笑み。……ちょっとだけジグモンド王子に似てる。まあ、兄弟だしね。

「エリカ様」

ナーシル様がわたしに向き直った。

とたんに表情が変わり、いつもの優しいナーシル様になる。

「明日、ジグモンド王子は拘束され、罪人の塔へ収監されます。念のため、明日は学園をお休みされたほうがよろしいかと思うのですが」

「ああ、そういうことなら、もちろん」

ララに心配しないよう、言伝《ことづて》してもらっとけば、後は問題ないだろう。もう卒業間近だし、大して重要な授業もないしね。

「そういうことなら、明日は狩りに……」

「絶対ダメだ！」

言い終えぬうちに、兄が断固たる口調で言った。

「おまえは自覚が足りん！　ジグモンド王子は、前神官長暗殺の首謀者である上、兄であるナーシル殿の命まで奪おうとしたのだぞ！　おまえが無事なのは、ただ運が良かっただけだ！　少しは身を慎め！」

「わかってますよ」

でもさあ、自分には何の非もないのに身を慎めとか、なんか理不尽じゃないですかあ。

……まあ、隣で心配そうな顔してるナーシル様のためにも、大人しくしますけど。

「じゃ、ナーシル様、明日は二人で、ダンスの練習でもしませんか？」

わたしの提案に、は？　とナーシル様は目を丸くした。

「え、かまいませんが……、なぜダンスを？」

「それはですね！」

わたしは胸をそらし、力強く言った。

「じき、卒業祝賀会が学園主催で行われます。その際、出席者は、家族もしくは婚約者を同伴する決まりがあるのです！」

わたしはナーシル様を見つめ、はっきりきっぱり宣言した。

「わたしの婚約者は、ナーシル様である、とその場で知らしめたいのです！　わたしをエスコートしていただき、一緒にダンスを踊っていただきたいのですが……、よろしいでしょうか、ナーシル様？」

ナーシル様は立ち上がり、テーブルを回ってわたしの側に来ると、そのままひざまずき、わたしの手を取った。

「喜んで、エリカ様。……私のほうからお願いすべきでした。どうか私に、エリカ様のエスコートをお許し下さい」

よしっ！

ナーシル様の言葉に、わたしはにっこり微笑んだ。

欲を言えば、このまま手の甲に口づけくらいしてくれないかなー、とは思うけど。

まあ、ナーシル様だしね。そこはおいおい、頑張ってもらうということで！


「エリカ、後で私の部屋へ来なさい。話がある」

陛下とナーシル様の謁見も無事終わり、後は卒業祝賀会だけ、という状況にいくぶん安堵しているわたしに、父からお呼びがかかった。

やだなあ、父上の話って、たいていろくでもないんだよなあ。

嫌な予感に身構えつつ、父の居室に足を踏み入れると、

「エリカか。結界魔法をかけるから、この魔術陣の中に入れ」

表情を変えぬ父に、さらりと言われた。しょっぱなから飛ばしてますね父上。

厳重に警護された屋敷の中で、さらに結界魔法を使うとか、父上、何を言うつもりなんだ。聞き

たくないなあ。

わたしは顔をしかめ、部屋の中央に描かれた魔術陣の中に入った。とたん、父の魔力に反応し、青白い炎のような結界に包まれる。

「ここまで警戒されるとは、一体なんのお話ですか。謀反《むほん》でも起こされるおつもりで？」

半ば皮肉で言ったのだが、

「当たらずとも遠からずだな」

父は平然と言った。

「いや、あの父上」

「単刀直入に言う。おまえは、ナーシル殿下を王とするつもりはないか」

父の言葉に、わたしはうっと息を呑んだ。

これか。父がナーシル様に見出した価値は。

「……お言葉ですが、兄上は王太子殿下に忠誠を誓っております。父上とわたしがナーシル様を王とすべく動いたら、ルカーチ家自体が崩壊する羽目になるのでは」

「何も王太子に害をなそうと言っているのではない。平和的に王位を譲っていただければ済むことだ。今ならば不可能な話ではない」

父は低く言った。

「王太子は穏健派だ。現国王がいかに失政を重ねても、無理に退位を迫ったりはせぬだろう。今まではそれでよかった。ジグモンド王子には王位継承権はなく、ローザ様も隣国に輿入れが決まっているからな。が、ナーシル殿下の存在が知られればどうだ？　現国王のせいで王家に対する不満は高まっている。それは王を守る王太子へも向けられているのだ」

「ナーシル様は庶子ですわ。ジグモンド王子ですら継承権を与えられなかったのに、そこはどうするおつもりですか。ナーシル様を簒奪者《さんだつしゃ》にされるおつもりで？」

父は肩をすくめた。

「ジグモンド王子に継承権を与えられなかったのは、単に王が彼を疎んじていたからにすぎん。ナーシル殿下にならば、王は喜んで継承権を与えるだろう。過去、庶子が王となった例などいくらでもある。そもそも、王位継承権を王の感情で与えたり取り上げたりすること自体が間違っているのだ」

「たしかに現国王のやりようはアレですけど……」

今の王はなんというか、政《まつりごと》を感情で行っている。お気に入りの廷臣には気前よく官職や領地を与え、気まぐれに法を変える。諸外国の情勢を鑑みることなく、感情のままに軍を動かす。はっきり言って、ジグモンド王子がこれほど容易に国家的犯罪を行えたのも、現国王の失政に一因があったんじゃなかろうか。

「有力な貴族諸卿のほとんどは、現国王を見限っている。王太子がいるから大人しくしているだけで、ナーシル殿下が現れれば、間違いなく貴族は二分されるだろう」

「そうでしょうか。王太子殿下は英邁《えいまい》なお方と聞き及んでおります。ナーシル様もむろん、優れたお方ではありますが、庶子でいらっしゃいます。気位の高い貴族が、ナーシル様に膝をつくでしょうか」

「ならいっそ、今の王朝を廃して古王朝を復活させればよい。我がルカーチ家は古王朝の末裔《まつえい》だ。

建国王が山賊だった現王家より、よほど大義が立つではないか」

父上、めちゃくちゃだなあ。わたしはため息をついて言った。

「それで、ルカーチ家側につく貴族は？」

「まず、ベレーニ家だな」

父がニヤリと笑った。

「ベレーニ家からは、何か事あらばルカーチ家側につくとの確約をすでに得ている。これはおまえのおかげだな。……あの家は、王国の金庫番のようなものだ。ベレーニ家に睨まれては、高位貴族であっても立ちゆかぬ。ベレーニ家が旗幟《きし》を鮮明にすれば、貴族たちは雪崩《なだれ》を打ってこちらにつくだろう」

「そう上手くいきますかね」

「いかせるのだ。騎士団長も国王を嫌っている。あれは強い男に心酔するたちだ、ナーシル殿下になら喜んで従うだろう。金と兵を掌握できれば、あとはどうとでもなる」

「騎士団長はともかく、レオンは何があっても王太子側から動かないと思いますが。セファリアの英雄と謳《うた》われる彼がいれば、兵の大半も王太子側につくでしょう。父上は平和的に譲位をとおっしゃいましたが、王太子殿下が頑として王を守り抜けば、兄上も王太子側につかざるを得ません。ルカーチ家は真っ二つに割れるでしょうね」

「おまえは一体どちらの味方なのだ」

父はもどかしそうに言った。

「エリカ、覚えているか？　領地でおまえが子どもたちを率い、魔獣退治をしたことを」

わたしは頷いた。忘れるものか。あれでわたしは天国から地獄へ突き落とされたんだから。

「もしおまえがあの時、怪我でもしていたら、一緒にいた子どもたち、その親も含めてただでは済まなかっただろう。あれは貴族として、決して許されぬ振る舞いだった」

「わかっています」

わたしは唇を噛みしめた。

そうだ。父の言う通り、わたしはあの時、何もわかっていなかった。貴族としてあるということ、その責任の意味を。わたしは何も知らず、遊び仲間だけでなくその親まで、危険にさらしていたのだ。

父はわたしを射抜くように見つめ、言った。

「おまえのした事は、貴族としては間違っている。……だが、おまえのような者にこそ、人は自らひれ伏すのだ。民のために立ち上がり、自ら先頭にたって戦う者に、人は命を懸けてつき従う。エリカ、わたしはおまえを王の器だと思っている。人の上に立ち、王国を治める資格を持つ人間だとな。……だがおまえは女だ。ルカーチ家を継がせることさえできぬ。なんと口惜《くちお》しいことよと思っていたが、いかなる天の配剤か、おまえは第二王子の正室となった。その身分を利用する気はないのか。ナーシル殿下が王となれば、おまえはその力を思う存分ふるえるだろう。これを逃せば、もうそんな機会は訪れぬぞ」

「どんな大義を掲げようが、父上がおっしゃっているのは謀反です。内乱となれば国は荒れるでしょう。ナーシル様がそのようなことを望まれるとは思えません」

「どちらにせよ、このまま現国王の治政が続けば国は荒れる」

父はつぶやくように言った。

「王太子は動かぬだろう。ならば、わたしはおまえに賭けたいのだ。……正直、おまえの気持ちはどうなのだ？　女であるがゆえに、今まで理不尽な悔しさを味わったことがないとは言わせぬ。古い因習を叩き潰し、新しい世を創りたいとは思わぬのか？」

父の言葉に、一瞬、わたしは迷った。女であること、それだけで窮屈な思いをしたことなど、数え切れないほどある。理不尽だと思ったことも、絶望したことも。

国の頂点にたてば、たしかにそれらの因習をなくすべく動くことができる。簡単ではないだろうが、不可能ではない。父の言う通り、権力を手にすれば……。

「ご期待にそえず、申し訳ありません」

だがわたしは父に頭を下げ、その申し出を断った。たしかに権力があれば、色々な問題を解決できるだろう。しかし、そのために一番大切なものを犠牲にするつもりはない。

「わたしは学園を卒業したら、ナーシル様とともに冒険者として生きると、そう約束しておりますので」

ハッ、と父は嘲るように笑った。

「王となる道が開けているのに、冒険者だと？　王への道を昇る代わりに、冒険者に身を落とすと言うのか」

「いいえ。冒険者に身を落とすのではなく、冒険者として名をあげてみせます」

わたしは父と向き合った。父はわたしを、あの心の奥底まで見通すような冷えた目で見つめていたが、少しも怖いとは思わなかった。

「もしナーシル様が王家を恨んでおられたなら、わたしもそのお話に乗ったかもしれません。しかしナーシル様は、王家に何の執着も興味もお持ちではない。どうでもよいとお考えなのです。わたしも同じですわ。それは、わたしの望みではないのです」

「……ナーシル殿下は、たしかに権力を欲してはおられぬだろう。だが、おまえの為なら」

「父上！」

わたしは父を睨みつけた。

「父上、ナーシル様は長きにわたり、戦場にその身を置かれました。これ以上、その意に反してナーシル様を戦いの場に引っ張り出すような真似はお止めください。もし父上が、ナーシル様のお心を踏みにじり、望まぬ役割を押しつけようとなさるなら、わたしは誓って父上の、ルカーチ家の敵となります」

父とわたしは、魔術陣を挟んで睨みあった。

すると父が、ハ、と笑った。先ほどとは違い、どこか気の抜けたような笑い声だった。

「おまえには、人を従わせる力がある。現国王がどれほど望んでも手に入れられぬ力がな。だがおまえは自らそれを投げ捨て、一人の男を守るために、一介の冒険者になると言う。……まったく、おまえはいつも、わたしの予想を裏切ってくれる」

「申し訳ございません、父上」

「悪いなどとこれっぽっちも思っていないだろうが。まったく腹立たしい。……だが、見事だ」

ふふ、と父は苦笑した。

「望めばその手に世界もつかめるだろうに、一人の男のためにその栄光をなげうつと言うのだからな。……我が娘ながら、見上げたものだ。ナーシル殿下が、おまえに見合うほどの男であることを祈るとしよう」

「祈るまでもございませんわ。ナーシル様は、わたしにはもったいないほど、お優しく心清らかで美しい、女神のような方ですもの」

ふんっと鼻息荒く力説するわたしを、父は微妙な表情で見た。

「……女神か。まあ、人の好みはそれぞれだからな」

父は魔術陣の外に出て、結界を解いた。

「この騒ぎが決着した後、わたしは当主の座を退き、アドリアンにすべてを譲る。領地に戻ったら、魔獣退治でもして過ごそうと思っている。……おまえも知っているだろう、領地にいるあの魔術師、あれも近々引退すると言うのでな、共に領地の掃除でもするさ」

「さようでございますか」

そっか、あの魔術師も、もう引退するような年齢かあ……。一度きちんとお礼を言っておきたかった。冒険者になったら、領地に会いに行ってみようかな。

「……あれは、おまえを高く買っていた。おまえが冒険者になったと知ったらさぞ……、いや、そうは驚かぬかもしれんな。おまえらしいと言うかもしれん」

わたしは微笑んだ。

領地を離れる時、わたしはまだ、自分の望みをわかっていなかった。ただ、わたしがわたしでいられなくなるような、古い因習には負けたくないと思っていた。

「魔術師によろしくお伝えくださいませ。……父上も体を壊さぬ程度に頑張ってください。父上が腰を痛めでもしたら、母上が心配されますから」

「……ああ」

父はニヤリと笑うと、貴族らしく美しく優雅に、わたしに膝を折って言った。

「エリカ・カルマン殿、あなたもどうぞお気をつけて。……どこにいても、何をしていても、わたしがあなたの幸せを祈っていることをお忘れなきよう」

「……ありがとうございます、ルドルフ・ルカーチ様。決して忘れませんわ」

わたしも同じように膝を折り、父に頭を下げた。

もうすぐ、わたしはこの家を去る。父の呼んだ通り、ルカーチ家の娘ではなく、ナーシル・カルマンの伴侶として。

そう、今ならわかる。わたしの望みは、ルカーチ家の当主でも、ましてや王になることでもない。

ただの冒険者になって、ナーシル様とラブラブハッピーな生活を送ること！　それだけなんだよ！


生まれた時から、僕は父上に疎まれていた。

メイドの噂話によると、母は、父上のお手付きとなった侍女を、宮廷から追い出したらしい。そのせいでバルバラ様は陛下に嫌われてるのよ、とメイドは訳知り顔でしゃべっていたが、さあ、どうだろうな。

夫の愛人を追い出すなど、そう珍しい話ではない。夫の権利が強い貴族の家であっても、それくらいで夫婦仲が破綻するようなケースは稀《まれ》だ。

思うに、母は最初から父上に嫌われていたのだ。

その執念深さ、残酷さを疎まれ、遠ざけられていた。侍女の件は、きっかけに過ぎない。

父上は母を恐れ、疎んじていた。そんな母にそっくりな僕を、どうして父上が愛してくださる訳があろうか。最初からわかりきった話だ。

だが、王籍を剥奪されるほど疎まれているとは思わなかった。

「ジグモンド王子、陛下はたいそうお怒りでした。前神官長のみならず、血のつながった兄まで亡き者にしようとするなど、人間のすることではない、とおっしゃって」

日頃は温厚な騎士団長が、嫌悪もあらわに僕に言った。

「待て、それは何のことだ。神官長のことはともかく、兄とは、いったい……」

騎士団長は足を止めず、引きずるようにして僕を歩かせる。引っ張られるたび、きつく縛られた縄が肌に食い込み、痛みが走った。

夜目にも明るいこの道。いつ何時《なんどき》であっても、迷わずたどり着けるよう、魔法の明かりが照らすこの道は、罪人の塔への……。

「ご存じなかったのですか」

騎士団長は静かに言った。

「あなたがお尋ね者を使って殺そうとされた方、ナーシル神官は、血のつながったあなたの兄です」

母親はバルバラ様の妹君なので、従兄でもありますが、と騎士団長は続けた。

僕の兄だと。母が殺そうとして果たせなかった、あの侍女の子どもか。

「……なんてことだ」

「王子」

僕は苦く笑った。

あの白豚神官、エリカの婚約者は、僕の血のつながった兄だったのか。なんて皮肉な巡りあわせだ。

「……最初から、僕がこの手で殺しておけばよかった」

僕のつぶやきに、騎士団長がぎょっとしたように足を止めた。

「殿下、なんということを！」

どうした、何を驚く？　僕は父親から、王籍を剥奪されるような人間、いや、人間ではない、と実の父親に罵られるような存在なのに。まさか、僕が後悔して涙を流して謝るとでも思っていたのか？

僕は笑った。笑い過ぎて、涙がこぼれた。

エリカ。

君は、僕の兄の妻になるのか。

母が死ぬほど憎み、殺そうとして果たせなかった女の子ども。僕の兄。

……そんなこと、許さない。僕を忘れ、僕以外の男と結ばれ、幸せになるなど、絶対に許さない。

騎士団長に連れられてきた先は、予想通り、罪人の塔だった。

そこから延々と階段をのぼり、いい加減疲れた頃にたどり着いたのが、僕を収監する部屋だった。

窓は高いところに一つだけ、狭く鉄格子がはめられているため、脱走はできない。

自殺防止のためか、首を吊るせるような引っかかりも、先の尖《とが》った家具もない。

ふふ、と僕は笑った。

誰が死ぬものか。こんなところで、誰にも知られずに、惨めに死んだりするものか。

どうせ死なねばならぬなら……、それなら、せめてエリカと一緒に死にたい。

母は、父上の愛を奪った侍女を殺そうとして果たせず、僕はエリカを奪った兄を殺そうとして失敗した。

だが、今度は失敗しない。

こうなってみて、僕はやっと、自分の本当の望みがわかった。

僕は、君を殺したい。

一緒に死にたいんだ、エリカ。

六章 『卒業祝賀会』

ダンスとは、こんなにも緊張するものだっただろうか。足型は覚えているが、ドキドキしてうまく体を動かせない。

私は一応、舞踏会などで踊るダンスを、一通りすべて踊れる。

子どもの頃、神殿入りしてからは、文字の読み書きにはじまり、様々な学問を修める機会を得た。

元々神殿では、比較的物覚えのよい神官を選び、貴族の護衛や家庭教師などに駆り出される場合に備え、基本的なマナーから、歴史や数学、語学などの教養を叩き込むのが通例だ。

だが、今にして思えば、神官長は私に、王族として恥ずかしくない素養を身につけさせようとしてくれたのだろう。

語学などはともかく、音楽や絵画、ダンスにいたるまで、およそ一介の神官に必要とは思えぬ、幅広い分野における教養を積む機会を与えてくださった。

その時はただ、新しい知識を得られるのが嬉しくて、何も気づかなかったのだが。

おかげで今、エリカ様のお役に立つことができる。亡くなった神官長には、どれほど感謝してもしたりない。

エリカ様は、はつらつと輝くように美しく、とても優雅に踊られる。この方のパートナーとして隣に立てるなど、夢のようだ。

だが、エリカ様は、本当に相手が私で良いのだろうか。婚約者でなくとも、家族にエスコートしてもらってもかまわないのなら、私よりアドリアン様のほうが適任のような気がするのだが。

エリカ様は、私のことをお嫌いではないと思うが、いわゆる、恋人としての情はお持ちではないのではないかと思う。

私は子どもの頃から、目立つ容姿のせいで、色々な人間によく襲われかけた。幸い私は魔力量が多く、攻撃魔法も使えたため、自分の身を守ることができたから、特に問題はなかったが。

私を襲った連中は、みな判で押したように同じことを言った。

『おまえはとても美しい』、『一度でいいから、触れさせてくれ』、『おまえがわたしのものになるなら、いくらでも払おう』といった類《たぐい》のことだ。

今にして思えば、年端もいかない子ども相手に何という下劣な事を言う輩かとは思うが、つまり連中は、私の容姿に魅力を感じていたということなのだろう。

だがエリカ様は、私にそういった類の事は、一切おっしゃらない。

いや、美しい、とはおっしゃって下さった。だがそれは、何というか、あの連中が言ったのとは、明らかに違う意味合いだったように思う。

エリカ様は、ただ絵画や彫刻を褒めるように、私の容姿を褒めて下さった。

そこには何の下心もなく、ただ嬉しそうに、にこにこ笑っていらっしゃるだけだった。

……エリカ様は、もしかしたら私を、恋人としては見てくださっていないのかもしれない。

その時、ぼんやりとした不安とともに、私はそう感じたのだ。

だってエリカ様は、一度たりとも私を押し倒したり、私の服を脱がせようとしたりしない。

一度だけ、手をつないで下さったが、あれは道に迷わぬためだったし、その上エリカ様は、「嫌なら放します」とあっさりおっしゃっていた。その時私は、手を放されるのが嫌で、思わずぎゅっと握り返してしまったのだが、今思えばはしたない行為だったかもしれない。

エリカ様は、私の容姿はお気に召さないのだろうか。

子どもの頃は、知らない大人に追いかけ回されるこの容姿が、嫌で嫌でたまらなかった。だから容姿を醜くしたいと望み、魔道具に頼ったのだ。

望み通り、容姿を醜くしたら、誰も私には近づかなくなった。罵られ、嘲られ、遠ざけられるようになった。

しかしエリカ様は、まったく私の容姿を気になさらぬようだった。醜い私の手をためらいなく取り、婚約を望んでくださった。

……ひょっとしてエリカ様は、以前の容姿のほうがお気に召していたのだろうか。

考えてみれば、手を握ってくださったのも、以前の容姿の時のことだった。

だが、美しいと褒めていただいたのは、今の容姿だ。鏡で確認しても、白豚と罵られていた以前の容姿よりは、今の姿のほうがマシな気がするのだが。

……わからない。

どちらにせよ、以前も今もエリカ様は、私を性的に襲うようなことはなさらない。やはり、私の何か、どこかがお気に召さないのだろうか。

私は悩んだ挙げ句、アドリアン様に恥を忍んで相談することにした。レオン様に打ち明けても、失礼だがあまり有用な回答をいただける気がしなかったからだ。

エリカ様の兄君に、エリカ様とのことを相談するのは気が引けるが、他に誰を頼ればいいのかわからない。私は、屋敷にいるアドリアン様をつかまえ、事の次第を相談してみた。

「……という訳なのですが、どう思われますでしょうか、アドリアン様」

「いや、どうと言われても……」

アドリアン様は、困ったような表情で私を見た。

エリカ様とよく似ていらっしゃるが、やはりどこか違う。あの、弾けるような輝きというか、キラキラとした眩さがアドリアン様にはない。

……という、失礼な感想を抱いていたせいだろうか。アドリアン様は、

「そういう不満は、直接エリカに言ってくれないか」

と疲れたようにおっしゃるだけだった。

直接、エリカ様に？

なぜ私を押し倒してくださらないのか、直接聞けと言うのか？

そんな、そんなふしだらな質問、どうしてエリカ様にぶつけることができようか。

それでももし、嫌われでもしたら、どうすればいい。死ぬしかないではないか。

私はほとほと困り果ててしまった。

どうしよう。

エリカ様に嫌われたくはないが、何とかしてその本心を確かめたい。

だが、恋人としての私を望んでいないというなら、それは知りたくないとも思う。

恐らく半年前だったら、何を贅沢なことを言っているのだ、と自分自身、思っただろう。

前神官長の無念を晴らせた上、優しく美しく聡明で快活な、女神のように素晴らしい方を婚約者

にできたというのに、この上なにを望むのか、と。

人の欲とは、果てしのないものだ。信仰を失って久しいというのに、ここ最近、神殿の教義がしみじみと心に沁みるような気がする。

神官長がご存命だったら、何とおっしゃっただろうか……。

やはりアドリアン様と同じく、エリカ様に直接、そのお心を確かめるよう、おっしゃるだろうか。


なんかナーシル様の様子がおかしい。

ダンスの練習を始めてから、明らかに挙動不審になった。

ひょっとして、わたしとダンスの練習をするのが嫌なのかとも思ったが、どうもそういう訳でもないらしい。

最近は夕食後、来客がなければ屋敷の広間でダンスの練習をするようになったのだが、夕食の終わり頃から、ナーシル様はそわそわしはじめ、何度もわたしを見るのだ。

ナーシル様ににっこり笑いかけると、真っ赤になって視線を外す。が、少しするとまたわたしを見る。そしてまたわたしが笑いかけ……のエンドレス。

同席している母とユディト義姉上は、それを見ておっとりと微笑み、父はニヤニヤし、兄はいたたまれない様子でワインをがぶ飲みしている。それぞれの個性が出た反応である。

うーむ。

わたしは、自分でも人の心の機微に疎いほうだと自覚している。

婚約者が、何かをわたしに訴えている。が、それがさっぱりわからない場合、どうすればいいのか。

単刀直入に聞いてしまいたいが、以前、それをやって女の子を泣かせてしまったことがあった。

その時、母上にしこたま怒られ、わたしは学習したのだ。

何事も素直に聞けばいいというものではない。人の心にある、含羞《がんしゅう》というものを理解し、婉曲《えんきょく》に優しく、その意を汲み取らねばならないのだ……、めんどくさい！

だが婚約者が相手では、面倒だのなんだのと言って逃げてはいられない。何とか対処しなければ。

とりあえず、ナーシル様は恥ずかしがり屋なので、皆の前で問いただすようなことはしないほうがいいだろう。

わたしはダンスの練習の後、二人きりになる瞬間を狙い、問題を解決しようと試みた。

「ナーシル様」

「は、……はい」

やはりナーシル様の様子はおかしいままだ。

わたしを見ることもできず、うろうろと視線をさまよわせている。ちょっと面白くて可愛い。これはこれでまあ……、いや、よくない。婚約者が悩んでいるのを、可愛いからといって放置はできない。

「ナーシル様、座って」

わたしは強引に、窓際の椅子にナーシル様を座らせ、わたしも隣に腰かけた。

じっとナーシル様を見つめると、ナーシル様は真っ赤になってうつむいた。

「ナーシル様」

「…………」

「ナーシル様、わたしに何か、言いたいことがあるのでは？」

あ、ついクセで単刀直入に聞いてしまった。

ナーシル様はうつむいたまま、硬直してしまっている。

あー、どうしよう。

「ナーシル様、その……、言いたくなければ、別に言わなくてもよいのです」

わたしはフォローしようとナーシル様に声をかけたが、

「いいえ！」

ナーシル様は意を決したように顔を上げ、わたしを見た。

「エリカ様、なぜ……、なぜエリカ様は」

「はい」

「だから、どうしてエリカ様は、私を……、なぜ」

何だ何だ、何が言いたいんだ？

ナーシル様は目を潤ませ、真っ赤になってわたしを見ている。

必死に何かを訴えようとするその様子が、とっても可愛い。顔がいいからか、色気も半端ない。

こんな顔して見つめられたら、男女関係なくナーシル様に心を奪われてしまうんじゃないか。危険だ。

わたしはナーシル様の頬に手をあて、じっとその顔を見つめた。

「エリ……、エリカ様……」

ナーシル様は唇を震わせ、切なそうな表情でわたしを見ている。

わたしは誘われるようにナーシル様に顔を寄せ、その震える唇に、ちゅっと口づけた。

あ、しまった。

慌ててすぐ顔を離したが、ナーシル様はびっくりしたように目を見開いている。

あー、マズい。神殿育ちの清純派に、いきなりキスとか、鬼畜の所業だよね。

「ナーシル様、その……、急にすみませんでした」

「……えっ⁉ いえっ！」

ナーシル様は勢いよく首を横に振り、立ち上がった。そしてまた、すとんと椅子に腰を下ろす。

「エリカ様、その……、あの、今のは……」

「はい」

「今のは、つまり、その……」

「申し訳ありませんでした！」

わたしは潔く頭を下げた。

「ナーシル様があまりに愛おしく、つい、口づけてしまいました。驚かせてしまい、申し訳ありません」

「エリカ様……」

ナーシル様が、震える声でわたしの名を呼んだ。腕をつかまれ、顔を上げると、

「ナーシル様⁉」

はらはらと涙を流し、ナーシル様は泣いていた。

しまった、泣かせてしまった！

あああ、わたしってば、子どもの頃からまったく進歩していない！

今度は婚約者を泣かせてしまうとは！

だが次の瞬間、ナーシル様はがしっと骨がぶつかる勢いで、わたしを強く抱きしめた。

「エリカ様……」

何がなんだかわからないが、とりあえず、泣いているナーシル様の背を、よしよしとさする。

「エリカ様、それ、は……、ほんとう、でしょうか……？」

か細い声で、ナーシル様が聞いた。

ん？　何のこと？

わたしがナーシル様を見上げると、ナーシル様は泣きながら一生懸命言った。

「私を……、愛しいと……」

ああ、それか、とわたしは頷いた。

「もちろんですわ。心からお慕いしております、ナーシル様」

わたしの言葉に、私もです愛しておりますエリカ様！　とナーシル様が応え、わたしを抱きしめる力を強くした。

……よくわかんないけど、ナーシル様、喜んでる？

解決したのか、ナーシル様の挙動不審の原因は？

うーん。

ナーシル様は泣いてるけど、なんか嬉しそうだし、まあいいか。

しかしナーシル様、めちゃくちゃ力が強い。兵士を撥ね飛ばしているのを見た時も思ったけど、見かけによらず、ナーシル様って怪力なんだな……。


エリカ様は、私を想ってくださっていた！

言葉だけではなく、きちんと行動でも示していただいたのだ、間違いない！

ああ、夢のようだ。今でも信じられない。

そうか、考えてみれば、エリカ様は貴族のご令嬢なのだ。

いかに婚約者とはいえ、相手をいきなり押し倒して襲うような、そのような事をなさるはずがない。普通は、あのように接吻《せっぷん》で想いを伝えるものなのだろう。

アドリアン様にも、ご迷惑をおかけしてしまった。

翌日、「エリカ様に、無事、口づけていただきました！」と喜んでお伝えしたところ、「そういうの、言わなくていいから！」と叫んで走っていってしまった。

そうだった、貴族とは、このようにあからさまに物事を伝えるのは、不躾《ぶしつけ》にあたるのだったな……。所詮は平民育ちの無作法さで、アドリアン様を困惑させてしまった。申し訳なく思う。次は、婉曲にお伝えするよう、気をつけねば。

次といえば、またエリカ様に接吻されたら、私はどのように振る舞えばよいのだろう。

この間は、嬉しくて舞い上がってしまって、ついエリカ様を抱きしめてしまった。

エリカ様は怒らなかったけれど、不思議そうな表情をしていらした。私の振る舞いは、たぶん間違っていたのだろう。

でもエリカ様は、たいへんお優しいので、私を怒ったり罵ったりなさらない。私の背を優しく撫でて下さった。あの時は、幸せすぎて死ぬかと思った。

次は、エリカ様に完璧な行動でお応えしたい。

エリカ様にも私の想いが伝わり、満足していただけるよう、ちゃんと振る舞いたい。

しかし、どう振る舞うべきなのか、正しいやり方がわからなくて困っている。

アドリアン様ならお分かりだと思うのだが、あれ以来、アドリアン様は私を見ると走って逃げていってしまう。

そんなに私の行動は、非常識なものだったのだろうか……。

アドリアン様も寛大な方なので、私を非難するようなことはないが、もし私の行動でエリカ様に恥をかかせるようなことになったら、申し訳なくて生きていけない。

どうすれば良いのだろう。

アドリアン様は逃げてしまわれるし、まさかエリカ様本人には聞けないし、残るはレオン様だけだが、レオン様は、そもそも恋愛感情というものを理解しておられるのかどうか、そこからして甚だ疑問だ。

私がぐずぐず悩んでいる内に、あっという間に卒業祝賀会の日がやってきてしまった。

あれ以来、エリカ様は私に接吻しようとなさらない……。

やはり私の振る舞いが問題だったのだろうか。

もう、私に接吻したいとは、思われないのだろうか……。

こういう場合、私から「接吻してください」と申し出てもかまわないのだろうか？　いや、それはいくら何でも図々しすぎるような気がする。

第一、「接吻したくない」と断られてしまったら？　そんなことになったら、どうすればいい？

駄目だ、考えただけで泣きたくなる。これ以上考えるのはよそう。

「ナーシル様、ちょっとかがんでいただけます？」

エリカ様の声に、私ははっと我に返った。

目の前には、美々しく装ったエリカ様が、にこにこして立っている。

なんて美しい方だろう。そこにいらっしゃるだけで、光り輝いている。

私はうっとりとエリカ様に見とれながら、言われるがまま、背をかがめた。

エリカ様の手が私の右耳に触れた。カチリ、と金属をはめる音が聞こえ、
ちゅっ
なにか、なにか柔らかいものが、頬に触れた。

「えっ、エリ……、エリカさま……」

「はい、出来上がり！　ナーシル様、鏡をご覧になって！」

私は言われるがまま、ぎくしゃくと鏡を見た。

鏡の中で、エリカ様と私が、仲良く並んで立っている。

私の右耳と、エリカ様の左耳に、同じ三日月型のイヤリングが飾られているのが見えた。

「可愛いでしょ？　最近、恋人同士で、片耳ずつ同じイヤリングをつけるのが流行ってるって、ララに聞いたんです。だから、やってみたいなって思って」

恋人‼

エリカ様の衝撃の発言に、私は息がとまりそうになった。

恋人……、恋人‼

いや、だが私たちは、考えてみれば、婚約しているのだ。恋人と称して、何の問題もない！　嬉しい‼

それに、それにさっきの、あの、ちゅっというあれは、多分、いや間違いなく、私の頬にエリカ様が口づけを……。

エリカ様が、私を恋人と呼び、頬に口づけしてくださった。

もう私に接吻をしたくないのかと思い悩んでいたが、そんなことはなかった。だって、私を恋人と……、ああ、私は幸せ者だ！

「……ナーシル殿、一応言っておくが、今日の卒業祝賀会、どうやら国王陛下がお忍びでいらっしゃるらしい。第一王女殿下の卒業を祝して、という名目だが、ナーシル殿にもお言葉があるかもしれん」

アドリアン様が何かおっしゃっているが、右から左に抜けていくようで、何の事だかよくわからない。

国王陛下がどうとか……、別にどうでもいい。目的は既に果たしているし、陛下にも、もう用はない。

それよりもエリカ様が！

私はエリカ様を見つめた。エリカ様が、私の恋人……。恋人が頬に、ちゅっと……。

エリカ様が、私の袖をそっと引いた。

「エリカ様……？」

「ナーシル様も、してください」

エリカ様が背伸びをし、私に左の頬を差し出した。

私も、とは。

つまり私にも、エリカ様と同じ行動をしろという事なのだろうか？

それは……、エリカ様と同じ行動とは、つまり、頬に、ちゅっと……？

エリカ様は目を閉じ、私に左頬を向けて待っている。なんて可愛らしい方だろう。

私はドキドキする胸をおさえ、エリカ様に顔を近づけた。

間違っていたらどうしよう、その時は死んでお詫びします、と心の中で謝りながら、私はエリカ様の頬に、そっと口づけた。

柔らかく、花のような香りがした。

「エリカ様……」

無性に胸が痛く、離れがたくて、私は無作法にもエリカ様を抱きしめてしまった。

怒られてもかまわない。今はとても、離せそうにない。

「ナーシル様」

エリカ様の両手が背中に回り、私を抱きしめ返してくださった。

どうしよう、嬉しい、どうしよう。

「……そろそろ出発しないと、遅れそうなんだが……」

アドリアン様が遠慮がちに何かおっしゃっているが、やはり右から左で、何をおっしゃっているのか、よくわからない。

エリカ様。

ああ、こんな気持ちは初めてだ。神官長がおっしゃっていた、人を愛する気持ちとは、このようなものだったのか。

生きててよかったと思うし、もう死んでもいいとも思う。

相反した感情に翻弄され、幸せなのに胸が痛く、泣きそうだ。

ああ、神様。


卒業祝賀会は、学園内の大ホールで行われる。

学生の、それも身内のみで祝われる場ではあるのだが、生徒のほとんどは貴族、しかも今年は第一王女殿下も出席される。

元々にぎわっていた広間に、ナーシル様とわたしが入ると、予想していたことだが、大変な騒ぎになった。

わたしの婚約者については、例の盛り盛り恋愛小説のせいで、だいぶ女生徒たちの興味を刺激してしまっている。そこに現れたのが、この月の精霊もかくやという美貌の青年なのだ。騒ぐなというほうが無理だろう。

「エ、エリカ、ご機嫌よう……」

ララが顔を引き攣らせてわたしに挨拶した。ナーシル様のあまりの美貌に引いてるようだ。

ナーシル様にララを紹介すると、

「ナーシル・カルマンと申します。エリカ様からお噂はかねがね」

にっこり微笑むナーシル様に、ララと隣に立つ子爵家次男が顔を真っ赤にした。

子爵家次男をララに紹介してもらったが、なかなかのイケメンだった。ときめきがないとか言っておきながら、しっかり同じイヤリング（ララと子爵家次男のは星型だった）をしているあたり、なんだかんだ言ってこいつら、両想いじゃないかという気がする。

「ちょっと、エリカ！」

ララはわたしに顔を寄せ、小声で囁いた。

「びっくりしたわ！　婚約者がこんなすごい美青年だなんて、なんで言わなかったのよ！」

わたしは、ハハハと誤魔化《ごまか》すように笑った。

最近まで白豚だったんだよ、とは言えないしなあ。まあ、白豚だった昔も、美青年になった今も、可愛いとこは一緒だが。

「色々あったのよ。……ララのほうこそ、婚約者殿と同じイヤリングつけちゃって。いつの間にそんなに仲良くなったのよ？」

笑って言うと、わたしの事はいいの！　とララは真っ赤になって言った。

「後で、ちゃんと説明してよ！」

こちらに近づいてくる第一王女の姿に、ララはそっとわたしから離れ、壁際に寄った。

「エリカ、久しぶりですね」

第一王女殿下から声をかけられ、わたしは深々と礼をした。

「ローザ様」

第一王女殿下の隣には、王太子殿下が立っている。

ローザ様には隣国の第二王子（ここでも第二王子か……）という婚約者がいらっしゃるが、今回は王太子殿下がローザ様のパートナーをつとめられるのか。

というか、たぶん王太子殿下も、ナーシル様を見るためにここに来たんじゃないかって気がする。ローザ様も王太子殿下も、すでにナーシル様について説明を受けているはずだし、非公式に顔合わせをするには、ちょうどいい機会だ。

「エリカ・ルカーチ」

王太子殿下に声をかけられ、わたしは再び、頭を下げた。

「ご機嫌うるわしゅう、殿下」

「そなたの婚約者は、まこと月の精霊のように麗しいのだな。私に紹介してくれるか？」

王太子の言葉に、広間に一気に緊張が走った。

一介の神官、それも平民に対して、破格のお言葉である。

何の理由もなく、王族があからさまな贔屓《ひいき》をするなど、あり得ない。広間に集まった卒業生およびその身内、婚約者たちは、一斉にナーシル様へとその視線を集中させた。

今のところ、ナーシル様についての情報は、わたしの創作した盛り盛り恋愛小説だけだから、せめてその容貌や体型から、血縁関係などを推し量ろうとしているのだろう。

この中に、ロストーツィ家について記憶している人物がいれば、あっという間にナーシル様の出自は知れるはずだ。

「王太子殿下にご紹介申し上げます。わたくしの婚約者、ナーシル・カルマンです」

ナーシル様が膝を折り、両殿下に礼をとった。

その時、広間の入口からざわめきが広がり、人々がそちらに視線を向けた。

先導として現れたのは、騎士団の制服を着用したレオンだった。相変わらず爽やかで、広間の令嬢たちをきゃあきゃあ言わせている。皆さん、その爽やかな騎士様は、婚約者持ちの上、筋肉と武器にしか興味ありませんから！

続いて広間に入って来たのは、なんと国王陛下だった。

体にぴったりしたコタルディにマントという格好だが、マントは豪華な毛皮の縁取りつきで、ぜんぜんお忍びという雰囲気ではない。むしろ、余に気づいて！　そして騒いで！　って感じだ。

「…………………」

わたしは顔をしかめた。

そう言えば、屋敷を出る時、兄上が、陛下も来るかも？　みたいなこと言ってたっけ。

本当に来たのか。

まあ、好意的に見れば、第一王女殿下の卒業を祝いにいらしたのかもしれないけど。

ただ、これまでの経緯を鑑みるに、王様はこの場でまた『愛する女性と引き裂かれた可哀相《かわいそう》な余が、その忘れ形見と巡り会えた感動の場面』を再演したいだけのような気がする。……穿《うが》った見方すぎるかもしれないけど。

王様はまっすぐわたしたちの許《もと》へとやって来た。

「陛下」

一斉にみなが膝を折り、頭を下げる。

「よい、皆も面を上げよ」

王様はにこにこと上機嫌な様子で告げた。

そしてローザ様に簡単に卒業を祝うお言葉をかけると、待ちかねたようにナーシル様へと視線を向けた。

あー、やっぱり。

わたしはじりじりとナーシル様の背中に隠れ、壁際へとゆっくり移動した。

ナーシル様には申し訳ないが、わたしはこの手の茶番がどうにも苦手なのだ。

それに、陛下もわたしというオマケがいるより、ナーシル様一人のほうが、感動の場面再びを演じやすいだろう。茶番が終わった頃、さあそろそろ踊りましょう、とナーシル様を救い出せばいい。

そう考えていると、

「エリカ様、ララ様から、こちらにいらして欲しいとお言付けをいただきました」

従僕にうながされ、わたしはこれ幸いと広間を抜け出した。

ごめんね、ナーシル様、すぐ戻るから！

しかし広間を抜け出してすぐ、なんかおかしいな、とわたしは気がついた。

ララがわたしを呼び出すとしたら、広間にほど近い控室か、せいぜい広間に面した階段の踊り場あたりだ。

絶対、中庭になんてララは行かない。

そこらへん、ララは危機管理が徹底しているのだ。

それに、とわたしは前を歩く従僕をじっと見た。

前髪を上げ、従僕用の簡素な黒いジャケットを着ていたから気づかなかったが、この顔には見覚えがある。たぶん、この従僕はジグモンド王子の小姓だ。

いま現在、罪人の塔に収監されているジグモンド王子の小姓が、わざわざ変装して卒業祝賀会に忍び込んでいるということは。

うーん、まあ、一番可能性が高いのは、アレか。

逆恨み王子の復讐とか？

どうしようかな、とわたしは少し考えた。

ジグモンド王子に、もはや暗殺者を雇うような余裕はないだろう。ていうか、罪人の塔を抜け出したところを見咎められただけで、さらなる罰を科されるはずだ。

それがわかっていて、そこまでして、わたしに危害を加えたいのだろうか。

それとも、わたしを国外脱出のための人質にしたいのだろうか？

わからない……けど、それに付き合ってやる義理もない。わたしは、ピタリと足を止めた。

「エリカ様？」

従僕に扮した小姓が、不安げにわたしを振り返った。

「……申し訳ありませんけれど、広間に戻りますわ。じき、ララ様にもそこでお会いできますでしょうし」

「そ、そんな」

小姓は焦った様子で胸ポケットから何かを取り出した。

「エ、エリカ様、こちらの品をご覧ください」

小姓の手にあるのは、銀色のビーズで作られたチョーカーだった。

可愛らしいが、それほど高価な品物ではない。

「それは、何です？」

「ユ、ユディト様の飼い猫の首飾りです」

小姓の声が震えている。自分の加担している犯罪に恐れを抱いているのか、それともジグモンド王子を恐れているのか。

わたしは小姓を見つめ、少し考えた。

ユディト義姉上は、たしかに猫を飼っている。少々太り気味の黒猫なのだが、義姉上は決してそれを認めようとはしない。いつも「あまりご飯を食べないから、栄養不足ではないかと心配なの」と見当違いの心配をしている。

あれほど聡明な義姉上が、なぜ飼い猫のこととなると、明らかに誤った意見を持たれるのか不思議だが、とにかく義姉上は、あの太った黒猫を非常に可愛がっている。

「……わたしが中庭に行けば、猫は屋敷に戻していただけますか？」

「は、はい、必ず！」

小姓は何度も頷いた。

うーん。これはやっぱり、ジグモンド王子の差し金だな。

貴族を人質にとったりすれば、幽閉から処刑へまっしぐらだが、愛猫《あいびょう》をさらった程度では、そこまで罪は重くならない。それがどれだけ人の心を傷つけようが、たかが猫、で済まされてしまうのだ。

なるべく罪は軽く、相手に対する精神的苦痛は重く、という実に陰湿なやり口が、ジグモンド王子の性格をよく表している。

まあ、単純にユディト義姉上より、その飼い猫のほうが攫《さら》いやすかっただけかもしれないが。

わたしは少し考えた。

ジグモンド王子の思う壺になるのは癪だが、ユディト義姉上を泣かせたくはない。

しかたない。付き合ってやるか。

「中庭に参りますわ。……それから、あなた」

声をかけると、小姓はビクッと肩を揺らし、わたしを見た。

「忠誠を捧げるべき主は、よく見極めたほうがよろしいですわ。人を犠牲にして恥じぬような主に、命まで捧げるなんて馬鹿げた話ですもの。……これが明るみに出れば、あなたもただでは済まないでしょう。早くお逃げなさい」

小姓はポカンとわたしを見上げた後、我に返ったように飛び上がった。

「も、も……、申し訳ありません！」

走って逃げてゆく小姓を見送った後、わたしはため息をこらえ、廊下から中庭に下りた。

月が明るく輝き、それほど中庭は暗くない。しかし、さすがに外は寒く、吐く息が白くなる。少しでも視界のよい場所へ出ようと、わたしは噴水の前に立った。

「ジグモンド王子」

わたしは王子に呼びかけた。

「王子、いらっしゃるんでしょう？」

「……エリカ」

ジグモンド王子が、噴水の裏手にある、生垣の陰から姿を現した。

いつも神経質なくらい身なりに気を使っている王子だが、さすがに罪人の塔から抜け出した今は、常のようなきらきらしい装いはしていない。

王子は、簡素な白いブラウスに黒のズボン、魔術師が着るような裾の長い黒いマントを身に着け、腰には細剣を佩《は》いていた。細剣の柄には夜目にもわかる大きな青い宝石が埋め込まれ、それだけが唯一の宝飾品のように美しく輝いていた。

「王子、猫を返してください」

「……猫？」

ジグモンド王子は首を傾げ、それから、ああ、とおかしそうに笑った。

「……猫なんて、攫っていないよ。君をおびき出すため、適当な理由を作らせただけさ」

「では、猫のアクセサリーはどうやって手に入れたのです？」

「バルトスに言って、盗ませた。……できれば飼い主本人を攫いたかったが、さすがにルカーチ家の警備は厳重でね。猫の首飾り一つ、盗むのが精一杯だった」

わたしは目を細め、王子を見た。

ジグモンド王子は、機嫌よくにこやかな様子で、わたしの質問に答えている。

今までこんなに上機嫌な王子など、見たことがないくらいだ。

「……わたしを中庭に呼び出して、それで、何をしようと？」

「君はせっかちだな。卒業祝いくらい、言わせてくれたっていいだろう？」

ジグモンド王子は、うっとりとわたしを見つめ、言った。

「卒業おめでとう、エリカ。……ずいぶん回り道をしたけれど、これから僕たちは、永遠に一緒だ」


目の前に、エリカが立っている。

月の光を浴びて、美しく装ったエリカは、普段よりどこか儚《はかな》げに見えた。

僕の伴侶にふさわしい美しさだ。君を側室になんて、誤った申し出だった。最初から、正室として君を望むべきだった。

まあ、どちらにせよ、何もかも今日で終わる。君は僕の妻として、ここで僕と一緒に死ぬんだ。

「……永遠に一緒とは？　わたしはナーシル様と婚約しておりますが」

「ああ、エリカ、安心しておくれ。僕は、君をあんな卑しい平民に渡したりしないよ」

美しく、魅力的で残酷なエリカ。君を、卑しい血の流れる兄に渡したりしない。

僕の妻として、僕の手で殺してあげよう。

「……ジグモンド王子、わたしはナーシル様を愛しております」

「愛だって？」

エリカの言葉に、僕は笑ってしまった。

愛。僕の母が、僕自身が、決して得られなかったもの。

そんなもの、どうでもいい。どうせ手に入らぬものなど、欲しがって何になる？

「エリカ、僕たちは、愛などという下らぬものではない、もっと確かなもので結ばれるんだ」

そう言いながら、僕は迷いのようなものを感じていた。

愛など下らない。そんなもの、僕には必要ない。

それなのに、今こうしてエリカを目の前にすると、何かが胸を騒がせる。

貴族令嬢らしからぬ彼女から目を離せず、自分でも戸惑いを感じたあの頃。あの気持ち、あれは一体、何だったんだろう。手に入れて鞭打って、壊してしまいたいと思ったけれど、もし、違う言葉をエリカに伝えていたら？　「好きだ」と言えていたら？

そうしたら、何かが変わったんだろうか。

「エリカ、もし……」

言いかけて、僕は首を振った。

バカバカしい。今さら、そんなことを言って何になる。エリカは僕を疎んじている。僕の父上と同じように、僕を嫌っている。そんな彼女に気持ちを伝えても、惨めになるだけだ。

「……エリカ、僕たちは愛などではない、もっと確かなもので結ばれるんだ。その絆は強く、永遠で、僕たちは決して離れることはない」

「殿下、一応申し上げておきますが、わたくし、殿下より攻撃魔法を得意としております」

「……知っている。わざわざ教えてくれなくても結構だ」

僕は少しだけ苛立ちを覚えた。

たしかにエリカは、僕より魔力量も多く、攻撃魔法がずば抜けて得意だ。しかし、そのような事は自慢すべきではない。

エリカ、君は僕の妻なのだから、分《ぶ》をわきまえ、夫をたてる物言いを学ぶべきだ。

「だが君は、魔法を使うことはできない。……この中庭ではね」

僕は言いざま、唯一塔から持ち出せた細剣を、地面に突き立てた。

ビリビリッと中庭に雷撃が走り、簡単な術式を描き出す。

『封印せよ』

僕が宣言すると、中庭一帯に魔法を封じ込める術式が発動した。

「さあ、エリカ。これでもう、君は魔法が使えないよ。……大人しく膝をつき、命乞いをするかい？」

泣いてお願いされても、助けてはあげられないけどね。

エリカは黙って僕を見返すと、ため息をついた。

そしてドレスの裾から中に手を入れると、短剣を二振り、取り出した。

「まさか祝賀会で、これを使う羽目になるとは思いませんでしたよ。……王子、わたしに手加減なんて期待しないでくださいね。攻撃されたら、わたし、全力で攻撃し返しますので」

エリカは短剣を構えると、僕と向かい合うように位置を変えた。

驚いたことに、けっこう様になっている。

「さあ、お手合わせ願いますわ、ジグモンド王子。わたくしの剣は、婚約者のナーシル様に仕込んでいただきましたの。命乞いをするのは、殿下のほうかもしれませんわね？」

不敵に笑うエリカに、血が逆流するような激情を覚えた。

また、あの男か。

君は、あの卑しい平民のことばかり口にする。僕のどこが、卑しい平民に劣るというのだ。

エリカ、君は間違っている。その代償は、君の命で払ってもらおう。

僕は細剣を構え、軽く斬りかかった。

エリカは素早く身をかわし、噴水の裏手に回り込んだ。

なるほど、このまま逃げ続け、封印が解けるか、誰かに見つけてもらうのを待つつもりか。

だが、そうはさせない。

「ハッ！」

動きを止めようと鋭く剣で突いたが、エリカの短剣に弾かれた。

エリカの反応は早い。だが、さすがに力は僕に及ばぬようで、僕の剣を防いだ際、短剣を一本、地面に落としてしまっている。

「どうした、エリカ？　短剣一本で僕に抵抗するつもりかい？」

なぶるように声をかけたが、エリカは短剣一本だけになっても、動揺するそぶりを見せない。腰を低く落とし、短剣を構えた腕は、震えてもいない。

まったく、この度胸だけは認めざるを得ないだろう。

君は大した女だよ、エリカ。一緒に死ぬ相手が、君で良かった。

広間のざわめきが、かすかに中庭に聞こえてきた。

エリカの不在が知られたのだろうか。早めに決着をつけないと。

僕は細剣を振りかぶり、エリカの顔に斬りつけた。

女なら、反射的に顔をかばって腕が上がるはず。そこを狙って、心臓を一突きすれば、終わる。

——そう思ったのに。

なんとエリカは、正面から僕に向かって突っ込んできた。

細剣をすれすれで避けながら、逆に短剣で僕の顔を斬りつけたのだ。

焼けつくような痛みが、右頬に走った。手を当てて確かめると、ぬるりと血の感触がした。

よくも！

「エリカ！」

僕は怒りに任せ、剣を振るった。

よくも僕の顔に傷をつけたな。殺してやる、この女、殺してやる！

めちゃくちゃに剣を振り回していると、勢いに押されたエリカが、噴水の縁石につまずいて転んだ。今だ、と上からエリカに斬りかかると、エリカは素早く転がって避け、脱げた靴を拾った。

——何を、と思う暇もなかった。

エリカは、地に膝をついた体勢から勢いよく地面を蹴ると、手にした靴で思いきり僕の向う脛《ずね》を殴りつけたのだ。

「っ……！」

あまりの痛みに、立っていることもできない。僕は地面にくずれ落ち、足を抱え込んだ。

苦痛に、声も出せない。

エリカは立ち上がり、言った。

「そこは、人間の急所の一つですのよ。脛当てなどをつけていればともかく、殿下のような軽装では、とても攻撃は防げませんわ」

「よくも、きさま……っ！」

足を押さえ、睨みつけると、エリカはドレスの裾を軽く叩いて言った。

「まあ、殿下、わたくし、申し上げたではありませんか。手加減など、期待しないでください、と。……結局、命乞いをするのは、わたくしではなく殿下だったようですわね」


あっぶなかったー！

いやー、ヒヤヒヤした。

ナーシル先生の白兵戦の授業、真面目に聞いててよかったわ。あれがなきゃ、王子に殺されてたかも。

わたしが内心、ドキドキでドレスの汚れを叩き落としていると、

「エリカ様！」

噴水前に、ナーシル様が駆け込んできた。

「まあ、ナーシル様」

王様との感動の再会ふたたび、は無事、終わったんだろうか。

「ああ、エリカ様、ご無事ですか！」

ナーシル様は泣かんばかりの様子で、わたしに抱き着いてきた。

「ナーシル様、どうしてここがお分かりになりましたの？」

「あなたの姿が見えなくて……。探索魔法を使おうとしたら、中庭で弾かれました。誰かが、魔法を封じる術式を展開したのだとわかって……、もし、あなたが」

ナーシル様は言いかけ、足を押さえてうずくまるジグモンド王子に気がついた。

「……これは、この男の仕業だったのですか！」

ナーシル様は、止める間もなくジグモンド王子の襟元を掴み上げると、躊躇なくその顔を殴り飛ばした。

「ナ、ナーシル様」

ナーシル様は、地面に倒れ込んだジグモンド王子の上に、乱暴に馬乗りになった。

「ナーシル様、その辺で。もう王子は、わたしが殴っておきましたから、反撃はできませんわ」

鉄製の強固なヒールで、思いっきり向う脛を殴りつけたしね。王子、ひょっとしたら骨折れてるかもしれない。まあ、殺されかかったわけだし、骨折させるくらいは正当防衛ということでお願いしたい。

「……もう、王子ではありません」

ナーシル様は顔を歪め、ジグモンド王子を見下ろした。

「先ほど陛下が、私におっしゃいました。……私に、コバスの姓を許すと。ジグモンド・コバスから、その名も地位も、何もかもすべて、私に譲られるとの仰せでした」

その言葉に、ジグモンド王子の瞳から光が消え、ナーシル様の腕を払おうとしていた手が、だらんと地面に垂れた。

「この男は、ジグモンド・ロストーツィ。爵位もなく、王族でもない。じき、ロストーツィ家からも放擲《ほうてき》されるでしょう。……先ほどの陛下からのお言葉を受け、バルトス男爵次期当主も、妹とジグモンド・ロストーツィとの婚約破棄を宣言いたしました。この者を殺したところで、もう誰にも咎められはしない」

「ナーシル様」

ナーシル様は、両手でジグモンド王子の首を絞めつけた。

「この男が、神官長を殺したのです。この男の名誉のために、誰にも何も告げず、会いにいった神官長を。……この男が……、よくも」

ナーシル様の声がかすれ、ジグモンド王子の首を絞める手に力を込めた。ジグモンド王子が苦しそうに顔を歪める。

まさか、ナーシル様は本当に、ジグモンド王子を殺してしまうつもりなのだろうか。

だが、少し心配になった頃、ナーシル様は唐突にジグモンド王子から手を放した。

「……っ、かはっ」

ゲホゲホと、苦しげにジグモンド王子が咳き込む。

ナーシル様はそちらを見もせず、立ち上がってわたしの手を取った。

「ナーシル様」

「……もう、ここにはいたくない。エリカ様、屋敷に戻りましょう」

「ええ、それは構いませんが……」

ジグモンド王子はどうするんだと思ってたら、中庭にレオンもやってきた。

「ナンシー殿、ここにいたのか。リリー殿も、問題ないか？」

いや、ありまくりです。

罪人の塔から王子が逃げ出した上、わたしのこと殺そうとしたんですけど。

ナーシル様はこわばった表情で、様子を見に来たレオンに、手短に状況を説明した。

「この男は、罪人の塔から逃げ出したジグモンド・ロストーツィです。この中庭にエリカ様を呼び出し、危害を加えようとしたため、取り押さえました。この男を捕縛し、ふたたび罪人の塔へ護送してください」

「罪人の塔！」

レオンは目を丸くして言った。

「よく脱出できたものだ！　誰か内通者がいたのではないか？」

「おそらくバルトス男爵でしょう。……が、まあ、調べても証拠は見つかりますまい。王家の宝剣だけは取り上げ、後は警備隊に任せればよろしいかと」

わかった！　と爽やかにレオンが頷く。

爽やかだが、レオン、容赦ない。倒れたままのジグモンド王子を、手早く縛っている。捕縛の魔道具を初めて見た。夜でも手元が見えやすいよう、光るんですね。いらん知識。

広間から音楽が流れてきたが、ナーシル様は広間に戻りたくなさそうだ。

ひょっとしたら、まだ陛下がいらっしゃるのだろうか。

「エリカ様、足をどうかされましたか?」

靴を片方、手に持ったままのわたしを、ナーシル様が気づかわしげに見た。

「さっき、転んでしまって。特に怪我はしていないのですが」

「そうなのですね」

ナーシル様は頷き、わたしをふわりと抱き上げた。うわっ!

「え、ナーシル様。あの、わたし、怪我はしていないので、歩けます」

「わかっています。……馬車に乗るまでの間ですから、どうかこのまま」

ナーシル様はわたしを抱き上げたまま歩きはじめた。

馬車までこのまま運ぶつもりらしい。……嫌ではないけど、重いんじゃないか、気になってしょうがない。あー、ララと一緒にダイエットしとけばよかった!

「……寒くはありませんか?」

囁くような問いかけが耳にかかり、ちょっとくすぐったい。

「そうですね、少し」

わたしが答えると、ナーシル様はわたしを包み込むようにぎゅっと抱きしめてくれた。ふわりとナーシル様の香りがして、こんな時だけどちょっとドキドキする。

そのままナーシル様はすたすたと足を進め、中庭から門へ向かった。

あんまり重そうには見えないが、本当に大丈夫だろうか。ナーシル様は見かけによらず力持ちだけど、もし内心、重いとか思われてたら死ねる。

「先ほど、本当は私は、ジグモンド王子を殺してしまおうかと思いました。……もう、そんな必要などないとわかっていたのに」

ナーシル様は暗い顔で、つぶやくように言った。

「ナーシル様」

「すべてを失い、父親にすら見捨てられた、哀れな男です。ですが、私はあの男をどうしても許せない」

うーん。それはまあ、仕方ないと思うけど。

育ての親に等しい、前神官長を殺されたわけだし。いかにジグモンド王子が可哀相な境遇になったとはいえ、許せないと思うのは当然だろう。

むしろ、よく殺さなかったなと思う。

「わたしがナーシル様でしたら、殺していたかもしれませんわ」

わたしの言葉に、ナーシル様は驚いたようにわたしを見た。

「もしわたしがナーシル様と同じように、大切な方を殺されたとして、その犯人が目の前にいたら。わたしは自分を抑えられるかどうか、自信がありませんわ。……どうしてナーシル様は、ジグモンド王子を殺さずにいられたのですか?」

「……自分でもわかりません。ただ……」

ナーシル様はつぶやくように言った。

「私は、母を失った時、神官長に出会いました。彼は私の親代わりとなり、私を育ててくれた。そして神官長を失った後、今度は私は、エリカ様と出会えました。……私の側には、いつも誰かがいてくれた。誰にも関わりたくないと、姿を偽っていた私を、神官長はずっと気にかけて下さった。エリカ様は、嘘をついていた私を許して下さった。……だが、あの男には、誰もいない。損得抜きであの男を気にかけ、愛してくれる者は、誰もいなかった。あの男は……、私の弟です。立場が違えば、私が同じ境遇だったかもしれない。そう気づいた時、ほんの少し、あの男が哀れに思えたのです」

そういう事かあ……。ナーシル様のお母様や、父親代わりの前神官長や、それからわたしが、ナーシル様の心の支えになってるのか。

わー、なんだろ、すっごく嬉しい。

わたしは、ナーシル様にぎゅっと抱きついた。

「ナーシル様、わたし、そのように思っていただけて、すごく幸せですわ。ナーシル様は、とてもお優しい方なのですね」

だが、ナーシル様は首を横に振った。

「いいえ、私は優しくなどありません。私が本当に優しければ、ジグモンド王子を許し、罪人の塔へ送るような目には遭わせなかったでしょう。……私には、神殿の説く許しの愛など、ひとかけらもない。神官でありながら、もうずっと、私は信仰を失っているのです」

うーん、まあ、それを言うならわたしだって、正直、宗教にはまるで興味がない。神殿との関わりなんて、婚活していた時、縁結び関連の神殿に通っていたことくらいだ。

「ナーシル様、わたしは別に、ナーシル様が信仰篤い神官様だから、お慕いしているわけではありませんわ」

わたしの言葉に、ナーシル様は囁くように言った。

「エリカ様、私はずっと、エリカ様にお伺いしたかった。ですが意気地がなく、その勇気を持てませんでした。……エリカ様は、なぜ……、私を、好いてくださるのですか？」

ナーシル様の声は、震えていた。勇気が持てなかった、というのは本当らしい。

わたしはナーシル様を見上げた。

月明かりに照らされたナーシル様は、まるで精霊のように美しい。

あれだけ強く、またこの美貌がありながら、わたしに好かれてるかどうかを、震えるほど怖がってるとか。

そんな心配するようなことじゃないのに、とわたしは思い、ナーシル様の顔に頬をすり寄せた。

「ナーシル様。わたしは、ナーシル様がナーシル様だからこそ、お慕いしているのですわ。ナーシル様は、お優しく、恥ずかしがり屋で、とても可愛らしいお方です。姿を変えていた時も、今も、変わらず……、いえ、ますます想いは深まり、強くなっています。ナーシル様を知れば知るほどに惹きつけられ、愛さずにはいられないのです」

「エリカ様」

わたしの言葉に、ナーシル様はくしゃりと顔を歪め、泣き出してしまった。

おおっと。また泣かせてしまった。

わたしは手を伸ばし、よしよしとナーシル様の頭を撫でた。

「ナーシル様、大好きです。お慕いしておりますわ」

「わ、わた……、わたしも、わたしもです。エ、エリカ様を、あい……、あい、して」

ナーシル様が泣きながら、なんとか愛していると告げようとしてくれる。

そう、そういうところも、可愛くって大好きだよ、ナーシル様！

エピローグ　『わたしの大好きな王子様』

その後、わたしたちは広間でのダンスには参加せず、馬車で屋敷に戻った。

屋敷で待っていた父と兄に、事の次第を報告すると、兄は激怒した。

「なんということだ！　脱獄のみならず、エリカに危害を加えようとするとは！　幽閉など生温い、即刻処刑すべきだ！」

父は、何事か測るような眼差しでわたしとナーシル様を見た。

「殿下は、どう思われますか？　アドリアンの申す通り、処刑を王家に上申いたしますか？」

ナーシル様はわたしを見た。

「エリカ様のよろしいように。私は、特に何も」

ナーシル様の言葉に、わたしはにっこり笑った。

「わたしも、どうでもよろしいですわ。処刑など、望みません」

「しかし、それでは……！」

兄は食い下がったが、父に目顔で黙らされた。

「殿下のおっしゃる通りにいたしましょう。……まあ、そうですな、さらに警備の厳しい北方あたりにでも、移送させるのが妥当かもしれませぬ。前神官長の殺害に絡んだ、武器や奴隷の不法売買に関わった貴族たちは、ほとんどが中央におりますからな。北方への流刑となれば、ジグモンド様へ手を貸せる者はいなくなるでしょう。王家に貸しも作れますし、なかなか良い手かと」

父は満足そうに頷いている。

ああ、そういうことねー。でもナーシル様は、王家に貸しとか、そんなことどうでもいいって思ってるんじゃないかな。

大事なのは、これからだよね！　わたしとの、幸せと愛に満ち満ちた新生活だよね！

ナーシル様は、妙にすっきりした表情で言った。

「それから、陛下が祝賀会で私におっしゃった件ですが。私に、コバスの姓を許す、という」

「おお、そのことでしたら、内々にルカーチ家にも打診がございました。ナーシル殿下にコバスの姓を許し、公爵の地位とともに王位継承権を与える、と」

父がにこにこして言ったが、

「私は、コバスの姓は名乗りません」

ナーシル様があっさり言った。

「これからも、カルマンの姓を使います。……ただ、もし必要なら、コバスの姓は義父上《ちちうえ》のよろしいようになさって下さい」

ナーシル様、義父上って言った！

浮かれるわたしとは別に、兄は困惑した表情になった。おそらく陛下からの意向を受けて、王族としてのナーシル様をルカーチ家に迎え入れる準備を密かに進めていたのだろう。

だが、ナーシル様は淡々と言った。

「陛下は、コバスと名乗るのを許す、と仰せでした。使うように、というご命令ではありませんから」

その言葉に、兄は苦笑して言った。

「それはそうだろう。……よもや、王族の名を許されて尚、それを拒否されるとは、陛下も思われんだろうしな」

「ふむ」

父は、少し考え込んでいる。まあそれはそれで、と言いたげだ。何を企んでるんですか、あなたは。

「ナーシル殿下、では、こうされてはいかがでしょう？」

父がにこやかに申し出た。

「形式上、ナーシル・コバス殿下は、エリカ・ルカーチを娶り、公爵としてルカーチ家の所領の一部を管理するという体をとっていただきます。そして一方、ナーシル・カルマン殿は、エリカという娘を妻とします。カルマン夫妻は、冒険者として新しい人生を踏み出すのです」

ああー、肩書詐欺ね、つまり。

陛下には、ありがたく王族の一員として暮らしていますよ、という体をとり、実際には、冒険者として好き勝手に生きる、と。

王家の名前は、絶大な威力を発揮するカードだ。使いようによっては身を滅ぼしかねないが、捨てるには惜しい、と父は踏んだのだろう。

「ナーシル様、どうされます？」

嫌なら蹴っていいんですよ、と囁くと、ナーシル様は小さく笑った。

「いえ。……それでは、義父上のよろしいようになさって下さい」

ナーシル様の言葉に、父は満足そうに頷いた。

「ありがたき幸せ。……必ず、ナーシル殿下のお為になるよう、差配いたします」

ナーシル様の為ってか、ルカーチ家の為でしょ。……とは思うが、わたしがナーシル様と結婚する以上、ナーシル様とルカーチ家の利害は一致する。父上もその辺は十分承知の上だろう。

「では、やはりナーシル殿とエリカは、冒険者として生活していくつもりなのか？」

兄がどこか寂しそうな顔で言った。

まあまあ。年に一回くらいは顔見せに来ますから。

あ、そう言えば。

「冒険者として、というなら、わたしたちチームの名前を考えないといけませんね」

「名前……、ですか？」

ナーシル様は小首を傾げた。

「冒険者がチームを組んだら、そのチーム名を登録するんでしょう？　ギルドで、そう伺いましたわ」

疾風の影とか、女神の鉄槌とか、なんか恥ずかしい感じの名前を、ギルドの登録簿で見ましたよ！

ああ、とナーシル様は頷いた。

「そう言えばそうですね。誰かと組むなど考えたこともなかったので、そこまで考えが及びませんでした。……エリカ様は、どのような名前がよろしいとお考えですか？」

ナーシル様に聞かれ、わたしは少し考えた。

チーム名かあ。可愛い名前がいいな。わたしとナーシル様のチームだから……。

「ナーたんとエリりん、はどうでしょうか？」

わたしの提案に、ナーシル様は嬉しそうに微笑み、兄は噴き出した。

「ナーシル様、どうでしょう？」

「とても素敵だと思います」

「嘘だろ⁉」

兄が速攻で突っ込んだが、ナーシル様は目をキラキラさせてわたしを見ている。

「私とエリカ様、二人のチームだと、よく分かる名前ですね。とても可愛らしいですし」

「待て、待つんだナーシル殿！　あなたは今、正気ではない！　恋に目がくらんでどうかしているのだ！　そんな状態の時に、重要な決断を下すべきではない！」

失礼な。わたしとナーシル様の名前をもじった、可愛いチーム名ではないですか。

「父上はどう思われます？」

わたしの問いかけに、兄がすがるような眼差しを父に向けた。だが、父はあっさり言った。

「いいのではないか？　冒険者夫婦のチーム名に、品格などなくとも問題なかろう」

それはつまり、『ナーたんとエリりん』という名に、品格がないと言いたいのですか、父上。別にいいですけど。

「じゃ、問題ないということで！　明日にでもギルドに行って名前を登録してきましょう！」

「はい」

嬉しそうに頷くナーシル様。わたしも嬉しいです。後ろで兄が何か言いたげな顔をしているがスルーだ。

色々あったけど、明日からわたしは平民の冒険者、ただのエリカになる。

でも、第二王子ナーシル・コバス（近々臣籍降下して公爵になる予定）の正室でもあるんだよね。

いやー、想定外だったわ。

絶対、第二王子の側室になんかならない！　って思ってたら、側室じゃなく、正室になってしまうとは。

「エリカ様？」

わたしを見つめ、優しく微笑むナーシル様に、わたしも微笑み返した。

これからもよろしくね、わたしの大好きな第二王子様！

番外編『アドリアン・ルカーチは、世界で一番幸せな男である』

ナーシル殿とエリカが、冒険者になってしまった……。

最初は、貴族令嬢だったエリカが冒険者として生きていくなど無理、きっと三日で音《ね》を上げる、と思っていた。

しかし一週間、一ヶ月、半年と時が過ぎ、最近では、ひょっとして二人とも私のこと忘れてる……？　と不安になりはじめた。

「あなた、大丈夫ですわ。先日、わたくし宛てに、エリカ様からお手紙と贈り物が届きましたの」

えっ⁉　と驚き、私はユディトを見た。

私の妻、ユディト。美しく淑やかで優しく、貴族女性の鑑のような、よく出来た妻だ。

こう言ってはなんだが、エリカとは何もかも正反対の性格の妻が、妹とうまくやっていけるか、最初は心配だった。しかし、何故か妻とエリカはあっという間に意気投合し、しまいには私を仲間はずれにするまでになってしまった。仲良くなってくれたのは嬉しいのだが、いったい何故……。

「手紙には何と？　贈り物とは？」

ユディトはにこにこしながら、大切そうに布にくるんだ首飾りを私に見せてくれた。

ぽってりと丸い、赤い木の実が連なった首飾りで、たしかに可愛らしいが、ユディトにはちと子どもっぽすぎるのでは？　と思ったが、

「こちらのチョーカーを、わたくしのブリリアント・チッチちゃんへ、って！　この赤いファリン

の実が、チッチちゃんのツヤツヤの黒い毛皮に映えるだろうって、それでわざわざ送ってくださったのですわ！」

今エリカ様たちは、南国のセファリア地方にいらっしゃるのですって！　とユディトは嬉しそうに目を輝かせている。

なるほど、ファリンの実はセファリア地方の特産品だったな。食べてよし、加工して工芸品にしてよしという、一粒で二度おいしい農産物。気候が合わず我が領地で栽培できぬのが残念だ。

このチョーカーを、ブリリアント・チッチに……、ああ、あの太った黒猫のことか。

ユディトはあの太った黒猫を、理解不能な愛情で可愛がっている。猫用のアクセサリーも、自分のものより多くそろえているくらいなのだが、この間、そのアクセサリーを一つ、失くしてしまったらしい。エリカは、その代わりにとこのチョーカーを送ってくれたわけか。

私は、そのチョーカーをしげしげと眺めた。

高価ではないが、よく出来ている。たしかにあの黒い毛皮には、この丸く艶のある赤い木の実がよく映えることだろう。

エリカは貴族令嬢らしからぬ言動が多いが、何故かこういった、女性を喜ばせる振る舞いがうまい。学園に在籍していた時も、第一王女殿下にまで気に入られていたらしいし。

正直、もしエリカが男だったら、ユディトも私ではなく、エリカを選んでいたのではないか。そんな埒《らち》もない考えが頭をよぎった。

私は子どもの頃、根拠のない自信に満ちていた。

周囲の人間は、私をルカーチ家の跡取り息子、何でもお出来になる優秀な若様、と持ち上げまくったし、私自身、由緒あるルカーチ家を背負って立つにふさわしい人間であろうと、努力を怠らなかった。

ただ一人の妹は、何かと問題を起こす頭痛の種ではあったが、そこもまた可愛いというか、面倒を見てやらなくてはならぬ、大切な存在だった。

だがある時私は、父が母に打ち明けているのを聞いてしまった。

父は言っていた。

「あれが男であればな。ルカーチ家は始祖以来の偉大な指導者を戴き、より高みへ至ることも可能であっただろう。惜しいことだ」

聞いた時は、驚きで心臓が止まるかと思った。

あの父が。

いつも内心をのぞかせぬ、穏やかだが不遜《ふそん》な態度の父が、心底残念そうに、悔しそうな口調で語っていたのだ。

あれが男であれば。

エリカ。私の妹が、男であれば、と父は嘆いていたのだ。

それはちょうど、領地にいたエリカが、子どもたちだけで魔獣退治を行い、行政官にこっぴどく叱られた頃のことだった。

私は、エリカがその騒ぎの首謀者だと聞いた時は、またかと少し呆れただけだった。

仕方のない子だ、誰にも怪我がなくて何よりだった、と。

父の言葉を聞いた後、私はその魔獣退治の詳細を調べてみた。

驚いたことに、エリカは子どもたちをきっちり役割ごとに振り分け、まるで軍隊のような機動性を持たせて、魔獣退治にあたっていた。そして自ら先頭に立ち、見事に魔獣を倒したのだ。

誰ひとり怪我人が出なかったのは、運が良かったからではない。綿密な計算に基づいた計画、エリカの采配が的中したがゆえの成功だったのだ。

部下を適切な場所に配置し、その能力を存分に発揮させ、己は先頭に立って士気を鼓舞《こぶ》する。人を使い、その上に立つ者として、エリカには天賦《てんぷ》の才があった。父はそれを見抜き、私がいるがゆえに当主になれぬ、エリカの才を惜しんだのだ。

それから私は、エリカに対し、鬱屈した思いを抱くようになった。

エリカは変わらず、私の可愛い大切な妹だ。

しかし同時に、私など及びもつかぬ天才であり、私さえいなければ、エリカはルカーチ家当主として、存分にその力を振るえたはずだった。

父上は、エリカが男であれば、と言っていた。男であれば、第二子であろうと、当主に据えることはできる。だが女では、長男を差し置いて当主にするのは不可能だ。

私がエリカの邪魔をし、父上を失望させている。そう思うと、自分が情けなく、惨めだった。

レオン・バルタと知り合ったのは、ちょうどその頃だった。

とんでもない武技の持ち主で、学園入学当初から、すでに王太子殿下に目をかけていただいているとの噂だった。そしてその噂通り、剣、槍、体術すべてにおいて、レオンには上級生でさえかなわぬ、恐るべき天与の才があった。

私はレオンを見た時、この男もエリカと同じなのだな、と思った。

神に愛され、特別に才を与えられた者。私のような凡人とは、最初から立ち位置さえ違う存在だ。

男爵という低い地位でさえ、かえってレオンを輝かせているように思えた。

彼のような天才には、爵位など必要ない。彼は、ただ己の力のみで、高みへと駆け上ってゆくことができる。私はせめて、邪魔にならぬよう、脇に退いていよう。

……そう思っていたのだが。

学園入学後しばらくして、教師から、ある頼まれごとをした。

レオン・バルタから、何とか薬学の課題を提出させてほしい、というのだ。

私は首をひねった。

薬学の課題？

一応入学当初は、その進路に関わらず、生徒は全員、広く浅く一般教養を学ぶ。薬学もその一つだ。

だが、それは本当に初歩の初歩、ほとんどの貴族は子どもの頃、家庭教師によって既にそれらの知識を身につけており、課題提出に難儀することはない。……はずなのだが。

ひょっとしてレオン・バルタは、その武芸の才を鼻にかけ、一般教養など学ぶ必要なし、と傲慢に構えているのであろうか。たまに見かける様子では、礼儀正しく闊達《かったつ》な、実に紳士らしい態度であったように思うのだが。

寮に戻ろうとしていたレオン・バルタをつかまえ、私は薬学の課題について伝えた。

するとレオンは、恐縮して私に深々と頭を下げた。

「すまぬな、アドリー殿！　課題には取り組んでいるのだが、どうにも完成せず、今日まで至ってしまったのだ！　誠に申し訳ない！」

「いや、別に謝ることでは……、それに私はアドリアンだ、アドリーではない。……課題が完成しないということだが、どういう訳だ？　あれは一刻もあれば完成する薬ではないか？」

……その後の過程ははぶくが、結果的に、私はレオンの課題作製の手伝いをすることになった。

課題を提出できたレオン、提出してもらった教師、ともに非常に喜び、私は双方から大変感謝された。

人助けもいいものだ、とその後もなんのかのとレオンの面倒を見ていたら、いつの間にか私は、レオンの保護者と見なされるようになってしまった。何故……。

最初の頃は、レオンに対する憧憬《しょうけい》の念が残っていた私は、レオンに丁寧に接していたのだが、次第にぞんざいに、良く言えば気安く付き合うようになった。

だいたいレオンは、何度言っても私の名前を覚えない。毎日顔を合わせ、常に一緒に行動している人間の名前を間違えるとはどういうことだ！　といい加減頭にきた私は、「もういい！　私のことはアドと呼べ！」と半ばやけくそで怒鳴ったら、レオンは本当に私を「アド」と呼ぶようになった。レオンに冗談は通用しない。

レオンは、確かに武芸の天才だ。

しかし、彼には圧倒的に足りないものがある。

それは、常識だ。

ひょっとしたら私は、天才に足りないものを補うため、天に配された凡人なのであろうか……。

それはそれで悲しい気もするが、やはりレオンは放っておけない。仕方ないので、私は引き続き、レオンの保護者的役割を引き受けていたのだが、

「アドリアン・ルカーチ。君は由緒ある伯爵家の次期当主だというのに、平民と変わらぬような、卑しい男爵の息子と親しく付き合っているそうだね。しかもその男、脳みそまで筋肉がつまっているような馬鹿者らしいが」

ある日、私は学園で、実に嫌味な男に声をかけられた。

たまにいるんだ、こういう奴が。貴族、それもかなり高位の爵位持ちだと、まるでそれを己の実力でもあるかのように錯覚し、傲慢にふるまう馬鹿者がいる。

はっきり言って、私はこういう馬鹿者が大嫌いだ。

爵位は、親もしくは先祖の功績であって、自分のものではない。まして我らは未だ学生の身。先祖が残した功績に見合うべく、研鑽《けんさん》を積み、努力を重ねなくてはならない時期だ。

それなのに、卑しいだの何だのたわけたことを……。脳みそまで筋肉云々は、正直、否定できないが、レオンは決して卑しくはない。彼は高潔な人物だ。

私は、馬鹿げた能書きをたれるそのアホタレを、じっと見た。

こいつは確か、先の武芸大会で、レオンに瞬殺された上級生ではなかったか。

逆恨みか。ますます馬鹿だな。

私は彼を見返し、はっきり言ってやった。

「さようでございますか。しかし、私はレオン・バルタの高潔さに感服しております。貴殿のおっしゃるような卑しさは、レオン・バルタには無縁かと存じますが」

するとそのアホは、私がそいつに追随しないことに腹を立てたのか、声を荒げて言った。

「ハッ！　何が高潔だ！　あの男は、先代までは平民だったのだぞ！　あの男がこの学園に入れたのも、王太子殿下の特別なお計らいあってのことだ！　でなければ、なんであのバカがこの学園に入れるものか！」

ついさっきまで平民だろうとなんだろうと、今のバルタ家は、れっきとした男爵だ。そこに難癖をつけるのは間違っている。

しかし、学園入学に関しては……、どうなのだろう。実を言うと、私も薄々、なんでレオンが入学試験をパスできたんだろう、と不思議に思っていたのだ。ひょっとしたら、賄賂《わいろ》を……、いや、もちろんレオンはそういう事をする奴ではないが、両親がレオンのために、良かれと思ってやってしまった可能性はある。

しかし、賄賂ではなく、王太子殿下が？

なぜ王太子殿下が、レオンにそこまで肩入れするのだ？

私は悩んだ挙げ句、当人に直接、聞いてみることにした。

これで友情が終わるようなら、それまでだ。白黒はっきりさせておきたい。

王太子殿下との関わりを問われたレオンは、あっさり答えた。

「俺は、王太子殿下が昔、飼われていた犬に似ているのだそうだ！」

「……いぬ……？」

嘘だろ、と思ったが、どうやら本当のことらしかった。

父上に裏をとったから、間違いない。

父上は何故か、王太子殿下の飼い犬について、非常に詳しくご存じだった。

以下、父上の話だが、
王太子殿下は、子どもの頃、金茶の体毛に、緑の瞳をした優しい大型犬を飼っていらした。

その犬は非常に穏やかな性格で、やんちゃな王太子殿下に尻尾をつかまれても、背にまたがられても、決して怒ることなく、常に王太子殿下を守るように、その側にいた。

ある時、メイドの一人が王太子殿下にお菓子を差し出した。すると何故かいつも温厚なその犬は激しく吠え、のみならず、菓子を差し出したメイドに襲いかかったそうだ。

するとメイドは、隠し持っていたナイフで、その犬に斬りかかった。

メイドは、王太子殿下を亡き者にしようと雇われた暗殺者だったのだ（菓子は毒入りだったそうだ）。

その犬のおかげで王太子殿下に怪我はなく、無事だった。

しかし、その犬は……。

「ち、父上、その犬は無事だったのですか⁉」

「それがな……、メイドの振り回したナイフが、運悪くその犬の腹に当たってな……」

うわああ、やめて！　私はそういうの駄目なんだ！　忠犬が主を庇《かば》って死んじゃうとか、そういうのほんと無理、辛くて聞いてられない！

「まあ、一命は取りとめたのだが」

取りとめたのかよ！

「結局その数年後、食べ過ぎが原因で死んでしまってな……」

それ、刺されたのと無関係ですよね。

ともあれ、王太子殿下は、自分を救ってくれた命の恩人……ではなく、恩犬に、非常に思い入れがあったようだ。まあ、理解できる。

ある時、騎士団の練習風景をご覧になっていた殿下は、騎士見習いとして練習に参加していたレオンに、目を留められた。

当時からずば抜けた剣技を誇っていたレオンに、王太子殿下はお言葉をかけられた。二言、三言、言葉を交わし……、そして、王太子殿下は、思われたそうだ。

この男、誰か……、何かに似ている、と。

誰に、何に似ているのかはわからない。だが非常に懐かしく、胸を締めつけられるような気持ちだった。

「そなたの名は？」

問われたレオンは、直立不動で答えた。

「レオン・バルタにございます！」

その瞬間、王太子殿下は雷に打たれたように悟った。

レオ！　こいつは、レオに似てるんだ！　僕を庇ってくれた、あの優しい犬！　食いしん坊で、ちょっとバカだった大好きな犬！　レオ！

「そうして殿下は、レオン・バルタをレオと呼び、以降、親しく言葉を交わされるようになったのだ……」

「そ、そうだったのですか……」

何と言うか、うーむ、いい話……、なのか？

まあとにかく、レオンが殿下のお気に入りである理由はわかった。

レオンの学園入学の謎も、ひょっとしたら、学園側が王太子殿下に忖度《そんたく》した結果だったのかもしれない。

どちらにせよ、明日、レオンともう一度話してみよう。

そう思う私に、父上が声をかけた。

「アドリアン。そなた、学園で良き友に巡りあえたようだな」

父上が優しく微笑んでいる。常に目の奥が笑っていない父上だが、なんか今日は、普通に優しい父親みたいで、非常に違和感。

だが、

「ええ。……私は、非常に良き友に恵まれました。感謝しております」

私は胸を張って答えた。

我が友、レオン・バルタ。我が妹、エリカ・ルカーチ。

二人とも、私にとってかけがえのない、大切な存在だ。

私はきっと、この天才たちを助け、何かと非常識なその行動の尻ぬぐいをする為、彼らの側に配されたに違いない。

子どもの頃は、自分に彼らのような天賦の才がないことを嘆いたものだが、今はもう、そんなことはない。

天才には天才の悩み、生きづらさがあるとわかったからだ。

それから私は、レオンやエリカのフォロー役に徹してきたのだが……。

天才とは、トラブルを引き寄せる磁力でも持っているのだろうか。

レオンは騎士団でたびたび上方から呼び出しをくらうし、エリカに至っては、評判最悪のサディスト王子に目をつけられてしまった。

いったいどうなることか、と心配していたのだが、レオンはなんと、王太子殿下付きの護衛騎士として取り立てられた。婚約者どのとも、なんとか来年には挙式の運びとなったし、こっちはひと安心だ。

だが、問題はエリカだ。

サディスト王子との婚姻は免れたが、エリカは結局、訳アリ第二王子の正室におさまってしまった。しかも現在、平民の冒険者として国内外を飛び回っている。『ナーたんとエリりん』というふざけたチーム名を知らぬ冒険者はいない、と言われるほどの大活躍だ。だからあれほどチーム名を変えろと言ったのに……。

ため息をつく私を、ユディトがおかしそうに見ている。

「どうした？　ユディト」

「いいえ、エリカ様から、あなたに伝言がありましたの」

「えっ⁉」

私のこと、忘れてなかったんだ……、当たり前のことだが、私は少し安堵した。

「な、なんて書いてあったんだ？　二人とも、怪我とかはしていないんだよな？」

「ええ、それはもちろん」

ユディトはくすくす笑って言った。

「エリカ様は、『来年の刈り入れ時、金の月頃には戻ります。兄上の子どもの名づけ親にさせてください』とおっしゃってますわ」

ふーん、来年……。

「子ども⁉」

私は驚いてユディトを見た。

「来年の金の月には、生まれますわ」

ユディトの笑顔が、輝いている。

私はユディトを抱きしめた。

子ども……、私の子ども！

なんで私より先にエリカがユディトの妊娠を知ってるんだ、という問題はさておき、私の子ども！

私は、何という幸せ者なのだろう。

素晴らしい友と妹、美しく優しい妻、そして子どもまで授かった。

私はあまり敬虔な信者ではないのだが、神に、世界に感謝したい。

そして願わくば、私の愛する者すべてが、私と同じかそれ以上、幸せでありますように、と。

番外編

『獅子の眠り』

レオン・バルタにとって、世界は単純明快だった。

己の為すべきことを為せ。

そう教えられたレオンは、自分が為すべきこと、すなわち戦闘に全力を尽くした。

戦えば、だいたい勝った。

敵が十人いても、百人いても、頑張れば何とかなった。

たまに大怪我を負い、意識朦朧となることもあったが、そのたびに誰かが助けてくれた。

今回もそうだった。

四方を敵に囲まれ、斬っても斬っても敵がわいて出てくるような状況で、レオンは体中に傷を負い、遂に膝をついた。

「今だ、殺せ！」

「『セファリアの金獅子』を倒して名をあげろ！」

敵が勢いづき、鬨《とき》の声を上げる。

レオンは大きく息を吐いた。

血まみれの手がぬるつき、うまく剣を握れない。

膝をついたまま、レオンは自分に向けられる殺気に反応し、何とか剣を構えた。

剣をふるえる内に、ここを突破しなければならない。

今回負った怪我はどれもひどく、とくに腹に刺さった槍の怪我は致命傷になりうる。自力で陣地に戻るのは無理だろうと思ったが、それでも戦いを止めるという選択肢はレオンにはなかった。

その時、銀色の何かがレオンめがけて走ってきた。

銀色の何かは、レオンに向けて振り下ろされた剣を間一髪で撥ね飛ばし、彼を庇うように前に立った。

見上げると、その銀色は、最近ケナの地に派遣された神官だとわかった。レオンは兵士の顔や特徴をすべて覚えている。名前は覚えていないが。

神官は巨大な両手斧を振り回し、敵を軽々と吹っ飛ばした。

囲まれていた一角が崩れ、そこから味方の軍勢がなだれ込んでくる。視界の隅に、号令をかけるアドリアン・ルカーチの姿があった。

本来、後方支援が任務のアドリアンが最前線に立たねばならぬほど、戦況は逼迫《ひっぱく》している。

だが今は、とりあえず命拾いした。

レオンは剣を支えに何とか立ち上がり、神官に礼を言った。

「ありがとう、アーサー殿。おかげで助かった！」

「いえ、私はナーシルですが、……レオン様⁉　レオン・バルタ様⁉」

いつも俺は誰かに助けられているな、とありがたく思いながら、レオン・バルタはゆっくりと地面に倒れ伏した。

慌ててこちらに駆け寄ってくるアドリアン・ルカーチの姿が目の端に入ったが、それ以上目を開けていられなかった。血を流しすぎたのだ。

意識を失った人間は、とても重い。

自分を運ぼうと悪戦苦闘するアドリアンのことを思うと、レオンは申し訳ない気持ちになった。

アドリアン・ルカーチは名門ルカーチ伯爵家の跡取りだが、特に秀でたところもない自分に、学生時代から何かと親切にしてくれる、気立てのよい青年だ。

またアドに迷惑をかけてしまうな、と薄れる意識の中でレオンは思った。

「すまない……」

つぶやきながら、レオン・バルタは意識を失った。


痛みとともに覚醒し、レオンは目を開けた。

少し体を動かしただけで全身に激痛が走ったが、レオンは気にかけなかった。

戦場で痛みを覚えぬ日はない。今日は特にひどいが、それだけだ。

ふと横を見ると、アドリアン・ルカーチが泣きはらした目をして寝台の脇に座っていた。新年を祝う飾り若葉のように美しい緑色の瞳が、今は充血して濁っている。

「アド、どうしたんだ。ひどい顔だ」

「……目覚めて最初に言うセリフがそれか！」

アドリアンは怪我に配慮してか、声をひそめて怒鳴った。ひどく心配そうな表情をしている。

「おまえ、死にかけたんだぞ」

「そのようだな」

レオンは何とか利き手を動かし、腹を撫でた。

この分では、内臓も損傷しているだろう。完全に回復するまで、少し時間がかかるかもしれない。

「戦況はどうだ？　俺はたぶん、一週間は戦えぬ」

「バカ、半年だ！　半年は大人しく寝てろ！」

アドリアンは再び小さな声で怒鳴ったが、レオンは首を横に振った。

「いや、一週間だ。一週間、時間を稼げるか？」

敵側の援軍は、季節外れの雪で行軍が遅れている。

だが、到着してしまえば、こちらは終わりだ。その前に、なんとしてでも戦闘を終わらせなければならない。

アドリアンにもそれはわかっているのだろう。

端整な顔を歪め、アドリアンはレオンを見つめ返した。

「一週間なら、なんとかできる。だが、おまえのその怪我では……」

「大丈夫だ」

レオンは苦労しながら上半身を起こした。

アドリアンから水の入った器を渡され、何とかそれを飲み干す。

手も足も動く。痛みは気にならない。

だが、怪我で動きが制限された状態では、勝算は低くなる。

敵はなんとか援軍が来るまで粘ろうとしている。ひどい状況なのは向こうもこちらも同じだ。

この前の戦闘で、敵方の将軍と切り結び、一太刀《ひとたち》浴びせることができた。それ以来、将軍の姿を見ない。

おそらく将軍は、伏せったまま采配を振るっているのだろう。敵の動きは鈍いが、総崩れを起こすほどではない。指揮系統が機能している証拠だ。

だが将軍が死ねば、他にめぼしい指揮官もいない敵側は、援軍を待つ余裕もなく逃げ出すだろう。戦果を挙げたうえで撤退したいなら、将軍を殺すしかない。

未だ自分の与えた傷が癒えず、伏せったままだというなら、今の自分でもとどめを刺すことは可能だろう。

ただ、自分の命と引き換えになるかもしれないが。

「一週間後、向こうの野営地に忍び込んで、将軍を殺す」

「無理だ」

「たぶん出来る。帰ってこられるかどうかはわからんが」

分の悪い賭けだが、レオンはそれ以外、方法が思い浮かばなかった。

これ以上、ケナの地に留まることはできない。だがいったん退くにしても、戦果を挙げねば王が納得しないだろう。

レオンは、出兵式の時に見た王を思い出した。居並ぶ兵士たちを前に、王は上機嫌で長々と何か演説していた。

金髪に青い瞳の美貌の王。剣を握ったこともない姫君のような、白く美しい指をしていた。

好きになれない。王を見たレオンは、そう思った。

特に理由はない。見た瞬間、好きになれない顔だと思っただけだ。

そう言うと、間違ってもそんな事は言うな、と騎士団長に怒られた。

だがその後、酒を飲みながら「実はおれも好きではない」と騎士団長がこぼした。「あれは人の上に立つ器ではない」とも。

王がどんな器なのか、レオンにはわからない。

わからないが、戦争が下手なことはわかる。

馬鹿だ馬鹿だとよく言われる自分でさえ、この戦は失敗だとわかるのに、何故か王にはわからぬようなのだ。

援軍は送れぬが、将を殺せ、戦果を挙げよと言う。でなければ、撤退は認めぬと。

だが、一刻も早く王都に帰還しなければならない。そうでなければ、騎士団長が死ぬだろう。

「団長の具合は？」

「人の心配をしている場合か。……持ちこたえていらっしゃるが、アンスフェルム様はご高齢だ。しかも、この寒さではな」

アドリアンは苦虫を噛み潰したような表情になった。

王城直属騎士団の長、アンスフェルムはこの戦に反対していたが、王直々に総大将に任じられ、ケナの地に赴いた。

だが、王や宮廷貴族の意向を反映した軍の編成は、めちゃくちゃだった。

一度も実戦を経験していない公爵の子息に、部隊をまるまる一つ任せるなど、正気の沙汰ではない。案の定、功を焦った公爵の子息は団長の命《めい》を無視して攻撃をしかけ、逆に敵に殺されかかった。

団長は公爵の子息を庇い、重傷を負った。

公爵の子息は軽い怪我、レオンからすれば怪我というより擦り傷を負っただけで済んだが、彼は痛みに泣きわめいた。あげく、貴重な治療師を連れて戦線を離脱し、勝手に王都へ帰ってしまったのだ。

帰るのは別にいいのだが、治療師は置いていってほしかった、とレオンは思った。ただでさえ治療師は足りない。泥沼化したこの戦で、兵も疲弊しきっている。

時期も悪かった。

もうじき緑の月、新年を間近に控えた王都は花の盛りだが、北部のケナはまだ雪に埋もれている。凍てついた空気の中、援軍も望めぬまま戦いつづけなければならないのだ。士気も下がっている。

レオンは周囲を見回した。

狭い天幕の中に、粗末な寝台をぎゅうぎゅう詰めにしてあるが、それでも足りずに地面に転がされている負傷者もいる。急ごしらえの野戦病院などこんなものだが、自分のせいで寝台を使えぬ兵士もいるのだろうと思うと、申し訳ない気持ちになった。何としても一週間でケリをつけなければならない。

「……すまない、レオン」

弱々しい声でアドリアンが謝った。レオンは首を傾げ、アドリアンを見た。

「何を謝る。敵に情報でも流したのか？」

そんなことするか！　とアドリアンは怒ったが、すぐにため息をついた。

「私は、お世辞にも優れた騎士とは言えない。体力もなく、剣も大した腕前ではない。……おまえの代わりには、とてもなれない」

「俺だっておまえの代わりは無理だ」

レオンは真面目に言った。

本当にそう思っていた。

アドリアンは、自分の知る限り一番賢く優しい人間だ。何でも知っていて、何でもできる。

だが、そう言ってもアドリアンの表情は晴れなかった。

騎士団長が伏せったまま、レオンも失うことになれば、立場上、アドリアンが総指揮を執ることになる。それがイヤなのかもしれん、とレオンは考えた。

アドリアンは優秀だが、戦場においても常と変わらぬ優しさを捨てられずにいる。この場でレオンに「敵の将を討て」と命令できずにいるのも、そのためだ。

それ以外、アンスフェルムの命を、大勢の兵の命を救う方法はないとわかっていても、それでもレオンに死ねとは言えないのだ。

「敵の指揮官を討つと言っても、おまえは身動きもままならぬ重傷者だ。そのような状態で、敵の野営地に忍び込んだうえ、厳重に警備されている敵将を殺害するなど、いくらおまえでも不可能だ」

「できる。俺はそういったことは得意だ」

レオンは簡単に答えた。

自分には、人より優れたところは特にない。

だが何故か、自分は人殺しが上手い。あまり自慢にはならないが、こういう場合は役に立つ。

いつも人に助けられているのだから、自分にできることは全力を尽くさなければ。

そこまで考えたレオンは、ふと銀色の神官を思い出した。自分を助けてくれたあの神官に、ちゃんと礼を伝えたかどうか、よく覚えていない。

「アド、すまんが俺を助けてくれた神官に、礼を言っておいてくれないか」

「神官？」

銀色の髪の神官だ、と告げると、アドリアンは、ああ、と思い出したように声を上げた。

「あの太った神官か。見事な戦いぶりだったな。わかった、必ず伝えておく」

アドリアンの言葉に、レオンは再度、首を傾げた。

意識を失う直前のことで、よく覚えていないのだが、あの銀色は太ってはいない。とても美しかった。

王と似た顔立ちをしていたが、あの顔は好きだ、とレオンは思った。

「俺は、いつも誰かに助けられているな」

レオンのつぶやきに、アドリアンは驚いたような表情になった。

「なにを言っている。おまえが皆を助けているんだろうが。おまえがいなければ、とっくに軍は崩壊して敗走している。兵たちが逃げずに戦い続けるのも、おまえがいるからだ」

自分を力づけようとしているのか、必死に言い募《つの》るアドリアンにレオンは笑顔になった。

「ありがとう、アドは優しいな！」

「何を言って……」

アドリアンは言葉を切ると唇を噛みしめ、レオンから目を逸らした。

「もういい、寝ろ。私は治療師を探してくる」

「俺はいい。団長と他の負傷兵にまわせ」

「バカ、おまえが一番重傷なんだ！」

アドリアンはそう言うと、逃げるように天幕を出て行った。

レオンは寝台に横たわり、目を閉じた。

怪我を癒すために、休息をとらねばならない。

アドリアンはああ言ったが、自分を癒すほど余力のある治療師はもういないだろう。

薬さえ与えてもらえぬ兵士もいるのだ。手当を受け、寝台を使えるだけ自分は恵まれている。

痛みが激しく眠れる気はしなかったが、レオンは目を閉じ、じっとしていた。

動かず寝ているだけでも、体力は回復する。

一週間しか時間はない。なんとか最低限、体を動かせるようにしなくてはならない。

しかしこの寒さには参ったな、とレオンは思った。

光の月の末、もうじき年も明けるというのに、ケナでは平地でさえ霜が降りる。王都ならば、むせ返るような緑あふれる季節だというのに。

王都はもう、新年を迎える準備を始めているのだろうか、とレオンは思った。

閉じた目裏に新緑の鮮やかな色が浮かんだ。薄紅色の小さなシカラの花が散る頃、王都は一斉に緑に包まれる。新年の色。アドリアンの瞳の色に。

もうあの景色を見られないのかと思うと、少しだけ残念だった。

ふと気配を感じ、レオンは目を開けた。

眠れぬと思ったが、少しうとうとしていたようだ。

天幕の入口に視線を向けると、この世のものとも思われぬ美しい精霊がそこにいた。

全身が銀色に淡く光り、神々しい美しさに満ちている。

初めて見たが、精霊は伝承通り、かほど麗しい姿をしているのか、とレオンは感心した。

精霊は黙ったまま静かに、レオンの寝台の前にやって来た。

「レオン様、ご気分はいかがですか。水を飲まれますか」

声をかけられてようやく、これは精霊ではなく昼間、自分を助けてくれた神官だとレオンは気づいた。

「すまんが、水をもらえるか」

レオンの求めに応じ、精霊もとい神官は、レオンに水の入った器を渡した。

水を飲み干し、人心地ついたレオンは、あらためて神官に礼を言った。

「ありがとう。貴殿には、昼間も助けてもらったな。こんな状態ゆえ、直接礼を言えず、アドに伝言を頼んだのだが」

「いえ、レオン様に頭を下げていただくほどのことでは。……それより、アドリアン様からレオン様の治療を頼まれました。来るのが遅くなり、申し訳ないのですが、治療させていただいてもよろしいでしょうか」

聞けば、神官は治癒魔法も使えるという。

何から何まで世話になってすまぬ、とレオンが言うと、神官は不思議そうにレオンを見た。

「レオン様は戦場の英雄、『セファァリアの金獅子』と謳われる尊い御身にございます。私などにそのように気をつかわれる必要はありませぬ」

神官の言葉に、レオンは思わず笑った。

「それこそ思い違いというものだ。俺は英雄などではない。たまたま何度か戦から生きて戻れた、運のよい男というだけだ。俺は、ただ剣をふるい、皆に助けられてここまできた。それだけだ」

神官は、思慮深そうな紫色の瞳でじっとレオンを見つめた。

そしてレオンの手を取ると、金色の淡い治癒の光をそこからレオンの体に流し込んだ。

温かい力が体内を巡り、痛みを消し去り、怪我を癒していくのを感じる。

レオンは大きく息を吐き、目を閉じた。治癒魔法をかけられた時の、あの体が沈み込むような強い眠気に襲われたのだ。

「すまんが、少し寝る……」

「ええ」

神官がやわらかく応えた。

「……レオン様、あなたはまぎれもなく偉大な英雄、後世に語り継がれる伝説の剣聖となられることでしょう。そのようなお方をお救いできたこと、我が誉れにございます……」

美しい神官が、美しい声で何か言っている。意味はわからぬが、心地よい。

レオンは神官の声に聞きほれながら、睡魔に身をゆだね、意識を手放した。

「よし、今夜、行ってくる！」

「いくら何でも無茶だ！」

翌日、レオンは元気よくアドリアンに告げたが、もちろんアドリアンは反対した。

「昨日、おまえは死にかけたんだぞ！　体から腸がはみ出てたんだぞ！」

「うむ、だがもう治った！」

「ウソつけ！」

アドリアンは目をつり上げて怒鳴った。

「おまえだって昨日、襲撃は一週間後と言っていたではないか！　そもそも、あの神官がどんなに優れた治療師であったとて、瀕死の重傷者を一日で元通りにすることなどできぬ！」

たしかにそうだ、とレオンは頷いた。

内臓の損傷まで治ったわけではない。だが痛みは軽減し、体も問題なく動く。

つまり、戦える。

「早ければ早いほどいい。引き延ばして、明日にでも敵の援軍が到着したら、取り返しがつかん」

レオンの言う通りだと、アドリアンにもわかっているのだろう。

禿《は》げるのではないかと心配になるくらい髪をかきむしり、さんざん悪態をついてから、アドリアンは不承不承《ふしょうぶしょう》、頷いた。

「……わかった。私も付いて行ければいいのだが……」

「いや、それでは成功の確率が下がる。アドは体力がないし、剣技もいまいちだからな！」

昨日、アドリアン自身が言ったことなのだが、そう言うと何故かアドリアンは怒った。

フーフー怒る様が、毛を逆立てた猫のようだ、とレオンは思った。

そう言えば実家の猫は、いつも自分を見つけると飛びかかってきて暴れたな、と懐かしい気持ちになる。

「そこまで言うなら、何がなんでも、体力があって剣技の優れた護衛を付けてやる！　拒めば、今夜の襲撃は認めないからな！」

「なら無断で行く」

「レオン！」

アドリアンは慌てたように叫んだ。

「わかった、襲撃には行っていい、だが護衛は連れてゆけ！　いや連れていってくださいい頼む！」

泣きそうなアドリアンを見て、レオンは可哀相になった。

「うむ、わかったから泣くな」

「誰が泣くか！　バカ！」

そういう訳で、襲撃が決まったのであった。


襲撃にはおあつらえ向きの、月のない夜だった。

「少し遠回りになるが、左手の林を抜けて向こうの野営地に向かう」

「わかりました」

神妙な表情で、銀色の神官が頷いた。

アドリアンが選んだ護衛は、昨日レオンを助けたあの神官だった。

卓越した剣技、治癒魔法が使えるということで決定したらしい。

「すまぬな、ルーシー殿。危ないと思ったら、遠慮なく逃げてくれ」

「いえ、私は護衛ですので逃げません。それから私の名はナーシルと申します……」

噛みあわぬ会話を交わす二人を見つめ、アドリアンは心配そうにそわそわしている。

「アド、落ち着け。おまえが心配してもしなくても、結果は変わらん」

「おまえな！　そういう言い草はないだろ！」

アドリアンは怒りながらも、心配そうに眉尻を下げている。

「いいかレオン、無理だと思ったらすぐに戻ってこい。おまえの命と引き換えにしてまで、敵将の首をあげる必要はない」

それはできない、とレオンは思った。

戦果を挙げずに撤退すれば、あの王はこちらの事情などお構いなしに、盛大に文句を言うだろう。そしてその責任をとるのは、団長とアドリアンなのだ。

レオンは、この戦は失敗であり、今すぐ撤退すべきだと思っている。

だが、そうはできないのだ。自分にはわからぬ事情で、戦果を挙げずに即時撤退すれば、騎士団長もアドリアンも、まずい立場に追い込まれる。

レオンには政治的なことは何もわからない。

高位貴族からは、先代まで平民だった卑しい男、剣をふるうほかは何の能もない阿呆と蔑まれている。それはその通りだから別にいいのだが、団長やアドリアンの力になれないことをレオンは悲しいと思った。

自分には、戦うことしかできない。

剣をふるい、敵を倒すことしかできないから、命を懸けて戦う。

今回の襲撃も同じことだ。

襲撃で命を失っても、それはそれで、特に問題はない。

全力を尽くして戦い、敗れれば死ぬ。それはある意味、レオンの望み通りの死に方だったからだ。

「では行ってくる。成功したら、狼煙《のろし》をあげる。それを見たら、すぐに全軍を撤退させろ。山道で挟み撃ちにされるのがわかっているから、向こうも深追いはせん。狼煙が上がらなければ……」

「その時は私が出る」

アドリアンの言葉に、レオンは顔をしかめた。

「おまえが来ても、どうしようもない。無駄死にするだけだ」

「うるさい、おまえを見殺しにしたとわかれば、どのみち私はアンスフェルム様に殺される！　私を殺したくなくば、おまえが生きて戻るしかないのだ！」

無茶を言う、とレオンは思ったが、こうなったアドリアンは、誰の言うこともきかない。

「わかった。最善を尽くす」

レオンの言葉に、絶対だぞ、死んだら殺すからな、とアドリアンは何度も念押しした。

死んだら殺せないのでは、と思ったが、レオンは大人しく頷いた。

アドリアンはとても賢い。ひょっとしたら、死人を再び殺せる魔法でも知っているのかもしれない。

神官は、その見事な銀髪を黒いフードで隠し、巨大な両手斧を手にとって言った。

「参りましょう、レオン様」

「よし、行こう！」

散歩にでも行くように晴れ晴れと言うレオンを、アドリアンは怒ったような、泣きそうな表情で見送った。

厚い雲で夜空は覆われ、月も星も見えない。闇の中、レオンと神官は静かに林を駆けていた。風が湿っている。この分では、帰りは雨になるかもしれない。

野営地の明かりを林の端で確認したレオンは、神官に囁いた。

「将軍は野営地の右、川沿いの天幕にいる」

「……なぜご存じなのですか？」

「分かるからだ」

レオンは短く答えた。

神官は納得がいかない様子だったが、それ以上は聞かず、黙ってレオンの後をついていった。

レオンは気配を消し、静かに敵の野営地に侵入した。

考えるのをやめて、ただ意識の奥にぼんやりと光る将軍の存在を探す。

川沿いに張られた天幕の中に、ひときわ大きな天幕があった。入口に、二人の兵士が座り込んで番をしている。

「……あそこですか？」

神官の問いに、レオンは首を横に振った。

あの天幕ではない。

大きな天幕のもう一つ奥、小さなみすぼらしいそれに、将軍がいる。あの小さな天幕の中に、巨大な光が輝いている。間違いない。

神官に見張りを頼むと、レオンは気配を断ち、小さな天幕の内にするりと入り込んだ。

粗末な寝台に素早く近づく。

寝台の脇には巨大な剣が立て掛けられ、水をたたえた盥《たらい》と布がその横の小さな椅子に置かれていた。

寝台の上に身を縮めるように横たわっていた大きな体が、ゆっくりと寝返りを打った。

癖のある長い髪が肩を滑り落ちる。明かりがないために黒ずんで見えるが、レオンにはわかった。

夕日で染め上げたような、見事な赤い髪。自分が切りつけた、あの将軍の髪だ。

寝返りを打った際、空気の揺れに気づいたのか、横たわっていた将軍は、カッと目を見開いた。

信じられぬと言いたげな表情を浮かべ、将軍は反射的に寝台の横に立て掛けてあった剣に手を伸ばしたが、レオンのほうが一瞬早かった。

レオンは寝台に飛び乗り、枕を引き抜くと将軍の顔に押し当てた。

声が漏れぬようにしながら、短剣を将軍の首にあてがう。

刃を沈み込ませるように、一気に力をかけた。

「……か……、っは……」

痙攣《けいれん》する体を組み敷き、レオンは剣を取ろうともがく将軍の手を寝台に押さえつけた。

将軍の体から、徐々に力が抜けてゆく。

痙攣がおさまり、動かなくなった将軍から手を放すと、レオンは寝台から降りた。少し考えた後、レオンは将軍の手からケナの紋章が刻まれた指輪を抜き取った。

「終わった。戻るぞ」

天幕の入口で見張りをしていた神官に声をかけると、

「……首を持ち帰らずとも良いのですか？」

神官は声をひそめて言ったが、レオンは首を横に振った。

「指輪があるからいい」

ケナの地では、死者の体が欠けていると、埋葬し祈りを捧げても、死者は欠けた体を探しまわり、常世《とこよ》に行けぬと信じられている。

レオン自身は何の信仰ももっていないが、相手が信じているのなら、そういうものなのだろうと思う。

今回の任務は、将軍を殺し、その証《あかし》を持ち帰ることだ。証は首である必要はない。

来た時と同じ道をたどり、野営地の端まで来たレオンは、小さく息を吐いた。

思ったより首尾よく事が運んだ。

これならば夜闇《よやみ》にまぎれ、誰にも見咎められずに陣地へ戻れるかもしれない。

その時だった。

一瞬、厚い雲の切れ間から月が顔をのぞかせ、月光を浴びた何かが、ぴかりと光ったのだ。

神官も気づいたようで、体を強張らせて前方を見ている。

レオンと神官は、背をかがめ、素早く林まで走った。

木に隠れ、もう一度前方を確かめる。

「あれは……」

神官が呻くように言った。

光ったのは、兵士たちが構える槍の穂先だった。

山道を迂回《うかい》し、こちらの退路を断つように、敵側の援軍が密かに近づいていたのだ。

考える間もなく、レオンは言った。

「ナンシー殿。風の魔法は使えるか？」

「使えます。それほど威力のある攻撃はできませんが……」

「攻撃しなくともよい」

レオンはほっと安堵した。

風の魔法があれば、アドリアンたちを無事、逃がすことができるかもしれない。

今この時、アドリアンたちは撤退の準備を済ませ、狼煙が上がるのを今か今かと待っているはずだ。

当初の予定では、山道を挟みこむように軍を幾手にも分け、撤退を悟られぬよう山を下るはずだったが、その方法をとれば、待ち構えていた敵の援軍に各個撃破されてしまうだろう。

山道を使えぬなら、夜陰に乗じ、一気に平地を駆け抜けるしかない。遠回りにはなってしまうが、幸い、向こうはこちらが既に撤退の準備を済ませていることを知らない。勝機は十分にある。

「ナンシー殿、俺がこの光玉を発火させたら、風の魔法で敵の援軍の頭上まで一気に飛ばしてくれ」

「わかりました」

闇夜にあげる狼煙のため、光玉はその名の通り、花火のように明るく輝く。

敵の援軍の頭上に飛ばせば、その居所をアドリアンたちに知らせることができるだろう。

その代わり、光玉の軌跡をたどって自分たちの居所を敵側に知られてしまうが、それは仕方ない、とレオンは思った。

目的は果たした。

後は、己の剣技と運がすべてを決めるだろう。

「ナンシー殿、魔法を使った後は……」

「私はレオン様の護衛ですので、戻るまでご一緒いたします」

平然と言う神官に、レオンは申し訳なく思った。

「すまんな、ナルシー殿！」

「いえ、レオン様とともにあるほうが、生き残る確率が高そうだと思いましたので」

神官はこんな状況だというのに、穏やかに微笑んでいた。

大した胆力だ、とレオンは思った。

熟達した兵士であっても、死を目前にすれば動揺する。

この神官は、よほどの修羅場をくぐり抜けてきたのかもしれんなあ、と呑気に感心しながら、レオンは懐から光玉を取り出した。

光玉についた紐《ひも》を勢いよく引っ張ると、しゅうしゅうと煙が出始める。レオンはそれを、思い切り上に放り投げた。

間髪いれず、神官が風の魔法を光玉にぶつける。

光玉は魔法をかけられ、まるで流れ星のように夜空に美しい弧を描いた。火花を散らし、長い光の尾を引いて、光玉は林を抜けた先、敵軍の上空へ飛んでいった。

鮮やかな輝きを放つ光玉は、狙った通り敵の援軍の真上で止まった。

月のない暗闇の中、それはまるで小さな星のように見えた。

光玉に照らされた敵軍が、動揺したように隊列を乱すのが遠くからでもわかった。

己の為すべきことをやり遂げ、レオンはほっとした。

撤退の指揮を執っているのがアドリアンなら、これできっとレオンの意図に気づいてくれる。


光玉を見届けた後、レオンと神官は全速力で林の中を駆けていた。

もう気配を殺す必要もない。ただ少しでも早く、林を抜け平地へ出なくてはならない。

自軍と合流できずに敵の援軍に囲まれてしまえば、打つ手はない。

馬のいななきが聞こえたような気がした。どちらだ、とレオンは素早く気配を探った。

すると、少し先から、こちらに向けて駆けてくる足音がした。自軍の兵の、甲冑《かっちゅう》をつけた重い足音ではない。山岳民族らしい、軽やかな足音だ。

よし、とレオンは覚悟を決めた。

「アドリー殿、この指輪を持って走れ」

神官に、先ほど敵将の指から抜き取った指輪を押しつける。

「俺に託されたと言えば、貴殿を責める者はおらん。それでも何か言われたら、アドを頼れ。俺が頼んだと言えば、アドは貴殿を守ってくれる」

「お断りいたします」

だが神官は、即座に言った。

「私はレオン様の護衛ですので。それに、私の名前はナーシルと申します」

ひゅん、と飛んできた矢を、レオンは剣で払った。言い争っている時間はない。

「来るぞ！」

レオンは言いざま、猛然と走り出した。このまま敵陣を突破し、自軍の元にたどり着かねばならない。

神官が後ろに続く。

レオンは、払いそこねた矢が刺さっても速度を緩めずに走り続けた。何とか少しでも距離を稼ぎ、神官だけでも生きて戻らせなければならない。

林を抜けると、槍を構えた敵兵の集団が待ち構えていた。

レオンはかまわず、一直線に敵兵の中に突っ込んでいった。

ここを抜ければ、撤退する自軍に合流できる。どれだけの兵を投入されたのか、百を超えていなければ何とかなるかもしれん、とレオンは思った。

その時、さっきよりもはっきりと、馬のいななきが聞こえた。

敵兵の向こう、平地の端に、馬に乗ったアドリアンと数十名の騎士の姿が見えた。

「矢を放て！」

アドリアンの声とともに、火矢が射かけられた。

通常ではありえぬ距離を超えて火矢が敵兵の上に降りそそぐ。アドの魔法だ、とレオンは思った。

アドリアンは、体力もなく剣技もいまひとつだが、名門貴族らしい豊富な魔力量を誇る。

どちらかと言えば繊細な魔法を得意とするアドリアンだが、今は力押しで敵兵の頭上に大量の火矢を放っていた。

これはありがたいが、自分にも当たりそうだな、とレオンが思った瞬間、矢が不自然にその軌道を変え、自分と剣を交わしていた敵兵を貫いた。

アドリアンは何らかの補助魔法を使い、レオンと神官に矢が当たらぬよう、きっちり防御しているようだった。

ぽつぽつと雨が降り始めたが、火矢自体にも魔法がかけられているのか、火が消えず、敵兵たちは恐慌をきたしていた。

矢を折り、火を消そうと躍起になる敵兵たちと斬り結びながら、レオンたちは敵軍の中央を突破することに成功した。

「レオン！　ナーシル殿！」

平地の端にたどり着いたレオンたちを、アドリアンと騎士たちが迎えた。

魔力を大量に消費したせいか、アドリアンは蒼白な顔をしている。

「アド、顔色が悪いぞ。大丈夫か」

レオンの言葉に、アドリアンは微妙な表情になった。

「いや、それおまえに言われても……」

レオンは林を抜ける際、避けそこねた敵の矢が数本、刺さったままだ。

神官も左腕を斬りつけられたのか、服に血がにじんでいる。だが、今ここで手当はできない。

治癒魔法は、かけられた側に強い眠気をもたらす。この場で休む余裕はないのだ。

「もう少し、我慢してくれ。味方と合流できれば、手当してやれるから」

アドリアンがすまなそうな表情で言った。

レオンと神官は騎士たちに渡された馬に乗り、アドリアンたちと一緒に、敵兵の追撃を振り切ろうと馬を疾駆《しっく》させた。

敵兵とは逆方向に山道を迂回し、平地を抜ける。

しばらく馬を走らせると、撤退する自軍に合流できた。

アドリアンはほっとしたようにレオンと神官に声をかけた。

「もう少しで王領の村に入る。そこで治癒魔法をかけさせるが、その前に応急処置をさせよう。衛生兵を呼べ！」

アドリアンは馬首をめぐらせた。

「私はアンスフェルム様の様子を見てくる。レオン、ナーシル殿も、無茶はするなよ。これ以上の騎乗が無理なら、輿《こし》に乗せて運ぶから、そう言え」

アドリアンがレオンたちの側を離れると、騎士たちが話しかけてきた。

「レオン様、敵将を討ち果たされたと聞きました！」

「お一人で敵の野営地へ忍び込むとは、なんと豪胆な！」

レオンは首を横に振った。

「いや、俺ひとりではなく、ナンシー殿も一緒だ。それに、将軍は怪我で伏せっていた。でなければ、殺せたかどうかわからん」

レオンは、つい数刻前にこの手で殺した敵の将軍について考えた。

戦場で、ただ一度だけ剣を交えた反乱軍の長。やや単調な剣筋で隙も多かったが、豪快で気持ちのよい戦いぶりだった。

殺しておいてなんだが、俺は自国の王より、あの敵将のほうが好きだ、とレオンは思った。

だが、それが己の為すべきことなのだ。

戦場で剣をふるい、敵を殺す。

それ以外、自分にできることはないのだから。

頬を濡らす雨に、レオンは未明の空を見上げた。

雨足が強くなってきた。

あと何度か雨が降れば、山の根雪も解けるだろう。ケナの地に、遅い春が訪れたのだ——。


「——そういう経緯で、レオはナーシルと知り合ったのか」

ケナの紛争についてレオンが語り終えると、王太子はほっと息をついた。

王宮の中庭にある四阿で、王太子はくつろいだ様子で足を組み、椅子に座っている。

王太子の前には、レオンとアドリアンがひざまずいていた。

「アドリアン、君も我が弟と深い関わりを持っていたんだね。教えてくれればよかったのに」

「……恐れながら王太子殿下、私は戦場では何の役にも立ちませぬ。ナーシル殿下の武勇については、もっとよく知る者がいくらでも」

「おお、とんでもない」

アドリアンの言葉に、王太子がにっこりと笑った。

「我が弟の妻、エリカ夫人は、君の妹ではないか。君ほど弟に近しい者はいないよ。そうだろう、レオ？」

「御意《ぎょい》！」

元気よく返事をするレオンを、アドリアンは睨みつけた。

レオンに、王太子殿下に何か言われたらとりあえず「御意」と答えとけ、と教えたのは自分なのだが、少しくらい空気を読んでくれても……とアドリアンは恨めしく思った。

王太子殿下が、いきなり現れた腹違いの弟、ナーシルに興味津々なのは理解できる。

だが、それに自分を巻き込まないでほしい、とアドリアンは思った。ただでさえレオンとエリカが巻き起こす騒動の後始末に追われているのに、これ以上厄介ごとを背負い込みたくない。

アドリアンの切なる願いを知ってか知らずか、王太子はにこやかにレオンに声をかけた。

「レオ、君は勇猛果敢でその輝かしい武勲は他の追随を許さない。わたしはおまえを、高く評価している」

「ははっ！」

「……だが、一部の血統至上主義者どもが、おまえをひどく煙たがっていてね。今日、ここにおまえを呼び出したのもそのためなのだが」

「恐れながら王太子殿下！」

アドリアンがずい、と前に出た。

「殿下にどのような讒言《ざんげん》がなされたかは存じませんが、これだけははっきり申し上げます！　レオン・バルタほど二心《ふたごころ》なく、忠義と武勇を兼ね備えた者は、この国のどこを探してもおりませせぬ！」

「うん、わかっている。心配しないでいい、アドリアン」

王太子はひらひらと手を振った。

「己の権力欲のためだけにわたしにたかるハエのような輩と、わたしに忠義を尽くしてくれる可愛い犬を、見誤ったりはしないよ。安心して」

アドリアンはほっと息をついた。

ハエとはまた、優しげな見た目によらず、王太子殿下はなかなか苛烈な気性のようだ、とアドリアンは思った。

そしてレオンは犬扱い……。まあ、わからなくもないが。

王太子はレオンに向き直った。

「わたしは、血筋や家柄でその者の評価を下したりはせぬ。……公正に考えて、わたしの護衛騎士を務めるのは、おまえを置いて他にいないと思っている」

王太子の言葉に、レオンではなくアドリアンがはっと息を飲んだ。

「で、殿下、それは……」

「が、そうなれば例の血統至上主義者どもが、うるさく騒ぎ立てることは目に見えている。レオ、おまえがわたしに忠義を尽くしてくれていることは、誰よりもこのわたしがよく承知している。だがおまえが公爵の子息を飛び越え、わたしの護衛騎士に任命されたとなれば、今までの比でなく、おまえを陥れようと画策する輩が現れるだろう。まあ、その時は」

王太子は言葉を切り、ちらりとアドリアンを見た。

「――その時は、おまえの友人に色々と頼むこともあろうが」

やっぱりそうか、とアドリアンは肩を落とした。

レオンの出世は嬉しい。

嬉しいがしかし、今から厄介ごとの匂いしかしないのは何故だ。

「自分は陥れられても気にしません！　が、殿下とアドに迷惑をかけぬためには、どうすればよろしいでしょうか！」

元気よく言うレオンに、いや気にしろよ、とアドリアンは思った。

実際、レオンは濡れ衣を着せられても平然としていそうでコワい。

「おまえはそのままでいい。……まあできれば、任命式の時、三秒以上抱負を述べてくれればありがたいが」

「抱負……」

レオンは助けを求めるようにアドリアンを見た。

「いや、レオン、抱負って意味わかるよな？　あれだ、どんな騎士になりたいとか、そのためにどんな努力をするとか、そういうやつだ。……おまえだって、騎士になったのには理由があるだろ？」

こそっとレオンに伝えるも、

「騎士になったのは、それ以外、できることがなかったからだ！」

胸を張って答えるレオンに、王太子は笑い出し、アドリアンはレオンの首を絞めた。

首を絞められながらも、レオンは何事かを思い出したように言った。

「そう言えば、騎士になる前、神殿で助言をいただいた。それで、騎士になるのを決めたのだった」

「……ほう？」

アドリアンはレオンから手を放した。

「それは初耳だな。どんな助言だったのだ」

「己の為すべきことを為せ、と。……それで俺は、己の大切な人を守るため、剣をとることを誓ったのだ」

ふーん、とアドリアンは頷いた。

「なかなか良い助言をいただいたのだな。助言してくれたのは、どんな神官だったのだ？」

「いや、神官ではない！　……と思う！」

え？　とアドリアンと王太子は首を傾げた。

「いや、レオン、神官でないなら、誰がおまえに助言を……？」

「それが、俺にもわからんのだ！」

「わからん訳があるか！」

再びレオンの首を絞めそうになったアドリアンを制し、王太子がレオンに説明を求めた。

そしてレオンの語ったところによると、以下のような経緯を経て、レオンが謎の助言をもらったことが判明した。


その日、レオンは学園から実家へ帰る途中だった。

もう卒業も間近になってから、卒業試験でレオンが不正を働いた、との通報があったため、学園で遅くまで取り調べを受けていたのだ。

もちろん、レオンは不正などしていない。

卒業試験も、決してよい成績ではなく、不合格スレスレの点数だった。それだってアドリアンに毎日つきっきりで勉強をみてもらい、ようやく取れた点数なのだ。

それを不正と言われ、レオンは困惑していた。

正直言って学園側も、レオンが不正を働いたとは思っていなかった。

性格的に、これほど不正をしそうにない生徒も珍しい。というか、そもそも不正を思いつくような頭などレオンにはない、というのが教授陣の一致した見解だった。

だが、いかんせん不正を通報してきたのは、学園側に巨額の寄付をしている高位貴族だった。いかにあり得ぬ通報であっても、金持ちの高位貴族の言い分に対して「そんなわけねーだろ」と簡単に突っぱねることもできず、レオンは毎日、遅くまで学園で取り調べを受けるはめになったのだ。

そのこと自体は、レオンはあまり気にしていなかった。しかし、その取り調べにアドリアンも付き合い、反証のためにあちこち駆けずり回ってくれているのを、申し訳なく思った。

アドリアンだけではない。

卒業までにレオンと関わり、その人となりを知った多くの生徒は、レオンが不正などするわけがない、と力添えを申し出てくれた。

それをありがたいと思うのと同じくらい、レオンは何故か、自分が狭い箱に押し込められているような息苦しさを感じた。

レオンは、身分や家柄が何なのか、どうしても理解できなかった。

それを大切に守っている者たちがいるのは知っている。

アドリアンも、身分にふさわしくあろうと日々、努力している。人の上に立つ者であることを自覚し、それに見合った人間になろうと己を鍛える姿は、尊敬に値する。

だが、身分や家柄、それ自体は、レオンにとってはどうでもいいものだった。どう考えても、何の価値もないものだったのだ。

自分とは価値観が大きく異なる者たちに囲まれ、レオンは、なぜ祖父は貴族の称号など貰ってしまったのだろう、と残念に思った。

両親も貴族との付き合いで苦労している。自分だってつまらない。こんなどうでもいい事に時間をとられるより、筋肉を鍛え、剣の鍛錬を積みたいのだ。何故みんな、血筋や家柄にこだわるのだろう。何の意味もない称号ではないか。

だが、これからも自分は貴族の中で生きていかなくてはならない。

おそらく卒業後は騎士か領主……、領主は無理だから、騎士しか選択肢はない——だが、騎士もやはり、貴族が大半だ。どこまでいっても貴族がついてまわる……。

珍しく鬱屈した思いを抱え、レオンはその夜遅く、神殿を訪れた。

以前、気苦労の絶えないアドリアンが「神殿に行ったら、神官長が親身に相談にのってくれたのだ」と嬉しそうに話していたのを思い出したのだ。

中央神殿は、夜も遅い時間であったからか、誰もいなかった。

祈りの場は常に開放されているが、そこにも人気《ひとけ》はない。

レオンはかまわず、祈りの場に置かれた椅子に座り、おぼろげに覚えている記憶を頼りに手を組み、祈ってみた。

——俺は身分も血筋もよくわからん。剣をふるうことしか能のない人間だ。だが、これからも俺は、貴族の中で生きていくしかないのであろうか……。

そう心につぶやいた時だった。

きらきらきら、と天井から光が降ってきた。

光はレオンを包み込むように渦を巻き、輝いた。

これは何だろう、とレオンは自分を包む光を不思議に思った。すると、レオンの頭に声が響いた。

——己の為すべきことを為せ……

男とも女ともつかぬ声だった。

その言葉は、悩んでいたレオンの心にすとんと落ちた。

よし、とレオンは思った。

「俺は、俺の大切な者たちを守るために、全力を尽くして戦う。それが、俺の為すべきことだ」

レオンは剣を抜き、己自身に誓った。

すると、光の渦はレオンに吸い寄せられるように、その身の内に入り込み、消えていった。

レオンは席を立った。

なんだか気分がすっきりし、心も決まった。

神殿に来てよかった、とレオンは思った。


「——そういう訳だ。アド、おまえのおかげで心が決まったのだ。改めて礼を言う。ありがとう！」

「いや、それ私のおかげでは……、ていうかそれ……、それって……」

震えるアドリアンの言葉を受けて、王太子が言った。

「それは、天啓だな」

「殿下！」

アドリアンが思わず声を上げた。

「つまりレオは、天啓を受けた勇し「お待ちを殿下！　それをおっしゃったらお終《しま》いです！」

必死の形相でアドリアンが王太子の言葉を阻んだ。

「いや、アドリアン、だってどう考えても」

「いやいやいやいや、こうしたことは慎重を期して神官並びに有識者を集め、真剣に議論を重ねた上で結論を出すべきかと！　少なくとも殿下の立太子式が終わるまでは、何とぞ伏せていただきたく……！」

土下座せんばかりのアドリアンに、王太子は口元をゆるめた。

「……わかっている。建国以来の勇者誕生となれば、あの目立ちたがりの父上が、レオを放っておくはずはない。きっと、勇者という新しい玩具に夢中になり、自分のものにしたがるはずだ。しかし私が正式に王太子として立った後、レオを護衛騎士に任ずれば、いかな父上といえどそれを覆すことはできない。次期王の護衛騎士の任命権は、次期王にのみ帰属する。現国王であっても、手出しはできない」

勇者って言っちゃったよこの人、とアドリアンは絶望の眼差しで王太子を見た。

「そう言えば、建国神話を知っているかい、レオ？」

王太子は楽しげにレオンに話しかけた。

「はっ！　教えてもらいましたが、覚えておりませぬ！」

「そうか。まあ、大した話ではないのだが」

王太子はにこにこしながら続けた。

「当時、烏合《うごう》の衆の頭目にすぎなかった建国王は、四人の傑物《けつぶつ》に助力を願った。一人目は勇者」

レオンをじっと見つめ、王太子は言った。

「勇者は神からいただいた加護のためか、不思議な力を持っていたという。探索魔法ですら探し出せぬ敵を、勇者だけが見つけることができたとか」

そんなことができたのですか、とレオンは純粋に驚いているが、アドリアンは気づいてしまった。ケナの地で、レオンは月もない暗闇の中、あやまたず敵将の天幕を見つけ、その命を奪ったと聞く。あれはひょっとして……。

「そして、二人目は神官。恐るべき怪力と、気弱……、優しい心をあわせもつお方だったそうだが」

アドリアンの頭に、何故かナーシルの姿が浮かんだ。

「三人目は、冒険者リリーナ様。貴族令嬢でありながら、伝説の冒険者であられたお方だ」

かすかな笑いを含んだ声に、アドリアンは王太子から視線を逸らした。

いやいやいや、妹はたしかに冒険者となったが……、ナーシル殿は怪力で気弱だが……、だがしかし。

「そして、最後の四人目。賢者エド、……エドアール様。賢者様は、何かと主張の激しい三人を取りまとめ、その尻拭いというか何というか、まあ、お世話をされていたようだね」

王太子の視線が痛い、とアドリアンは思った。

「この四人が建国王を支え、導き、この国を造り上げたのだ。もし、勇者や他の傑物たちが再びこの世に現れたというのなら……」

王太子は言葉を切り、ため息をついた。

「わたしは、その者たちがこの世を楽しみ、己の為に生きられるような国を造りたい。その者たちの意思を無視して、国の為、王の為に命を捨てさせるようなことはしたくない」

王太子の言葉に、アドリアンは目をみはった。

「殿下、それは……」

「王家の紋章を知っているだろう、アドリアン。紋章の意匠は剣と鷹、それは勇者と賢者を意味している。今の王家があるのは彼らの尽力あってのこと、それを忘れぬために刻まれたのだ。利用するためではない、恩義を返すべき存在なのだと。何より、勇者であれ賢者であれ、わたしが治める国の民だ。わたしが守って当然ではないか」

アドリアンは王太子を見上げ、混乱する頭で考えた。

すると王太子は、レオンが勇者であることを、政治利用するつもりはない、ということなのだろうか。

たしかにそんなことをせずとも、王太子の地位は盤石ではあるが。

「レオは己の大切な者を守るために剣をふるう、と言ったが。わたしも、わたしの民を守るために、できることをしようと思う。……英雄が活躍する世ではなく、英雄が昼寝できるような世が、わたしの理想なのだ」

「御意にございます、殿下！」

レオンが嬉しそうに王太子の言葉に応えた。

「及ばずながら、自分も力を尽くします！」

コイツわかって言ってんのか、とアドリアンは目を眇《すが》めてレオンを見た。

だが、そんな世の中をつくるためなら、苦労するのも悪くない、とアドリアンは思った。

「……私も、微力ながらお手伝いさせていただければと思います」

アドリアンの言葉に、王太子は目を細め、いたずらっぽく笑って言った。

「ありがとう。期待しているよ、賢者アド」

光の月の終わり、じき新年を迎えるあたたかい昼下がりの事であった。

番外編『紋章の理由』

「お断りいたします」

長い銀の髪を持つ、精霊のように美しい神官がきっぱりと言った。

気弱そうに見えて、絶対に自分の意見を曲げないんだよなこの人、と賢者エドアールはため息をついた。

新しい王国が興ってまだ日も浅い。今日は、建国に携わった四人の英雄が王宮に集まり、新しく作製する王家の紋章について話し合う……予定だったのだが、しょっぱなからつまずいている。王は、建国の立役者となった神官ナー・タン、冒険者リリーナ、賢者エドアール、そして勇者レオナルドを象徴する意匠で新しい王家の紋章を作りたいと望んでいるのだが、まずナー・タンがこれに異を唱えた。エドアールは頭痛をこらえ、説得を試みた。

「ナー・タン殿、これは王の要望で」

「私は王ではなく神に仕える身。そのような己の功績をひけらかす真似は、教典で禁じられております」

いや、別に功績をひけらかすとか、そういうアレでは……と、エドアールは言いつのったが、ナー・タンの考えは変わらなかった。

本人の承諾が得られなければ、紋章の意匠とすることはできない。いくら王の望みだと言っても、権力者におもねらないナー・タンに効果はなかった。

「わたしもイヤなのよ。ナー・タンが断るなら、わたしも断ろっかな」

「リリーナ！」

エドアールはリリーナを睨んだ。

リリーナは貴族令嬢だが、生まれた時から庶民なのかと思うほど、砕けた口調がよく似合っている。王からの頼まれごとを、気軽に「断ろっかな」と言える神経の太さがうらやま……いや、腹立たしい、とエドアールは思った。

「リリーナ、光栄な話ではないか。何が不満だと言うんだ」

「だって恥ずかしいじゃない。知り合いに『あの紋章の人』なんて言われたくないもん」

うっ、とエドアールは言葉に詰まった。確かに、本音を言えば自分だってイヤだ。建国史に名が残るだけでもこっぱずかしいのに、紋章なんかに使われた日には……。

その時、案内も請わず、いきなり勇者レオナルドが部屋に入ってきた。

「レオ、遅いぞ。それに、先触れも出さずに部屋に入るな。おまえも一応、貴族になったんだから……。私は構わないが、貴族にはそういう事にうるさい輩も多い」

レオナルドは平民だったが、建国に尽力した功績と勇者の天啓を受けたことにより、男爵の位《くらい》を授けられた。忘れてすまん、次からは気をつける、と爽やかに笑う勇者に、絶対こいつ次も忘れる、と思いながらエドアールは言った。

「ちょうど今、王家の新しい紋章について話し合っていたところだ。……レオ、おまえは紋章の意匠となることに否《いな》やはないだろうな？」

「俺か？　別にかまわん」

レオナルドはあっさり言い、椅子に座った。レオナルドは、たとえ大陸中の人間から「あの紋章の人だー！」と指をさされて騒がれても、まったく動じない強い心を持っている。

「さすがレオ！　でも、やっぱりわたしはイヤだなー。恥ずかしいもの」

「私もリリーナ様と同じ気持ちです」

嬉しそうにナー・タンが言う。これは自分が説得しても翻意させるのは難しそうだ、とエドアールが悩んでいると、侍従に王の来室を告げられた。

「やあ、エド、皆を集めてくれてありがとう。皆も忙しいのにすまないね」

エドアールは慌てて椅子から立ち上がり、膝を折った。他の三人も立ち上がったが、年若く気さくな王は、軽く手を挙げてそれを制した。

「ああ、気にしなくていい。それで、どうかな。皆の了承は得られたかい？」

「……それが……」

エドアールが言いにくそうに先ほどの話し合いについて伝えると、王は笑って言った。

「そうか、リリーナ嬢とナー・タン殿には断られてしまったか。それならしかたない、二人を紋章の意匠とするのは諦めよう」

王がすんなりと二人のわがままを受け入れたことに、エドアールは驚いて言った。

「え……え、陛下、よろしいのですか？」

「元々、皆の功績に報いるために決めたことだからね。嫌がられては本末転倒だ」

「……あの、それでしたら私も「でももちろん、エドとレオは承知してくれるよね？」

エドアールの言葉に押しかぶせるように王が言った。

「エドもレオも喜んでくれるって、そう信じているよ。ね、承知してくれるよね、レオ?」

「御意!」

元気よく王に答えるレオナルドに、エドアールはがっくりとうなだれた。ずるい。なんでいつも私だけこういう展開……。

「ご配慮いただき、感謝いたしますわ陛下!」

リリーナは王の言葉にあからさまに安堵していた。そんなリリーナをナー・タンも嬉しそうに見つめている。それを横目で睨みつつ、エドアールは王に言った。

「それでは具体的な意匠はどういたしますか? 決定次第、紋章官に伝えて作製させます」

「そうだねえ、レオとエドの印となるものか。何がいいだろう」

何がいい? と問われたレオナルドは、少しも悩むことなく「剣がいい」と答えた。

「俺は、新しき世のための剣となれ、と啓示を受けた。印というなら、剣だろう」

「よし、では勇者レオナルドは、長剣をその印とする。賢者エドアールは……」

「エドなら鷹がいいんじゃない?」

のんびりお茶を飲みながらリリーナが言った。

「鷹? 何故でしょうか、リリーナ様?」

不思議そうなナー・タンに、リリーナが笑って言った。

「この前、王宮の中庭にレオが寝転がってたら、エドがすっ飛んできたことがあったじゃない。あの時、レオが『まことエドは鷹の目を持っているのだなあ』って褒めてたから」

それは褒めているとは言わない、とエドアールは思ったが、王は気に入ったようだ。

「へえ、鷹か、いいね。鷹に剣。きっと素晴らしい紋章になるよ、楽しみだ」

こうして紋章の意匠は決まった。レオナルドは『王国を守る剣』、エドアールは『鷹の目を持つ賢者』として紋章に描かれることとなった。

神官ナー・タンと冒険者リリーナが紋章に描かれていないのは何故か。後世の歴史家達を悩ませる謎だが、その答えを知るのは建国の英雄四人と王だけである。

307　第二王子の側室になりたくないと思っていたら、正室になってしまいました
～おてんば伯爵令嬢が攻撃魔法を磨いて王子様と冒険者デビューするまで～

ArianRose
アリアンローズ
アリアンローズ新シリーズ
大好評発売中!!
「殿下の子を産んでこいって言いました？　お父様？」
実の父から告げられたあまりにも理不尽な“代理母”になれとの一言。
主人公マリーは命令をのむふりをして王宮に潜入。だが、事態は思わぬ方向に――!?
清廉な令嬢は悪女になりたい
～父親からめちゃくちゃな依頼をされたので、遠慮なく悪女になります！～
著：エイ　イラスト：月戸

第二王子の側室になりたくないと思っていたら、正室になってしまいました
～おてんば伯爵令嬢が攻撃魔法を磨いて王子様と冒険者デビューするまで～

＊本作は「小説家になろう」（https://syosetu.com/）に掲載されていた作品を、大幅に加筆修正したものとなります。
＊この作品はフィクションです。実在の人物・団体・事件・地名・名称等とは一切関係ありません。

2023年1月20日　第一刷発行

著者 …… 倉本 縞
©KURAMOTO SHIMA/Frontier Works Inc.
イラスト …… コユコム
発行者 …… 辻 政英
発行所 …… 株式会社フロンティアワークス
〒170-0013　東京都豊島区東池袋3-22-17
東池袋セントラルプレイス5F
営業　TEL 03-5957-1030　FAX 03-5957-1533
アリアンローズ公式サイト　https://arianrose.jp/
フォーマットデザイン …… ウエダデザイン室
装丁デザイン …… AFTERGLOW
印刷所 …… シナノ書籍印刷株式会社